로사 순희 바라보다

로사 순희 바라보다

1쇄 발행일 | 2022년 10월 25일

지은이 | 김순희
펴낸이 | 윤영수
펴낸곳 | 문학나무
편집 기획 | 03085 서울 종로구 동숭4나길 28-1 예일하우스 301호
이메일 | mhnmoo@hanmail.net

출판등록 | 제312-2011-000064호 1991. 1. 5.
영업 마케팅부 | 전화 | 02-302-1250, 팩스 | 02-302-1251
ⓒ 김순희, 2022

값 16,000원
잘못된 책은 바꾸어 드립니다
지은이와 협의로 인지는 생략합니다
무단 전재 및 복제를 금합니다
ISBN 979-11-5629-150-3 03810

로사 순희 바라보다

Looking at Rosa Soonhee

김순희 로사
문화집文畵集

문학나무

자화상

언제나 오늘처럼

지금 내가 서 있는 자리는 언제나 오늘이다.

내가 살아온 지난 시간이 후회없는 만족한 시간이었나 하며 돌이켜 보면서 또 오늘을 살고 있다. 고국을 떠나 미국에서 오래 살다보니 나는 항상 1970년대 오늘에 머물러 있었다. 한글도 점점 잊어버리고 그렇다고 영어를 능통하게 구사하냐 하면 그렇치 못해 아이들에게 흉잡힐 때면 가슴 한편이 허전해지고 썰렁해지면 나는 언제나 오늘처럼 글을 쓴다. 이렇듯 지나간 시간을 돌이켜 보며 글을 쓴 지 어언 25년이 다 되어간다. 인생의 가을 문턱에서 한 사람 한 사람 내 곁을 떠나 보낼 때 외롭고 허전한 마음을 무엇으로 채워야 하나? 누군가 이렇게 말을 한다.

'세상이 나를 힘들게하는 것이 아니라 내가 나로 하여

무거운 것임을…… 세월이 나를 쓸쓸하게 하는 것이 아니라 내가 나로 하여 외로운 것임을…….'

그렇다.

인생에서는 언제고 폭풍우를 맞이하게 되고 몇 번이고 환란이 되풀이 되면서 그 안에서 구명줄이 되어줄 진리를 찾으면서 자기 합리화를 한다.

1999년《심상》신춘문예 신인상을 받을 때 심사위원이신 황금찬 선생님과 박동규 선생님께서 "오랜 미국생활에서 한국어에 대한 세련됨이 오늘의 시대같지 않지만 마음 가득 삶의 참다운 진실과 인간의 본질에 대한 순진하고 치열한 접근의 의지는 서정의 가락과 어울려 마치 평온한 어느 산자락의 저녁 노을을 보는 듯한 정감과 분위기를 느끼게 한다."고 심사평을 해주신 것에 용기를 얻어 50살이 다 되어가는 늦은 나이에 등단하면서도 기 죽지 않고 내 안의 허전함과 인생의 폭풍우를 내 스타일로 담담하게 글을 써왔다. 야생 춘난에서 풍겨오는 은은한 난향^{蘭香}, 인동초^{忍冬草}, 섬배리향에서 나에게 다가오는 향기처럼 내 글의 향기도 들꽃 향기처럼 은은하게 향기를 세상에 풍기면서 남기고 싶다. 이제는 내 고향이 된 미국에서 내

고국 대한민국의 정기를 담아서 내 가족 아니 이민사회의 모든 한인들의 애환이 내 글 속에서 녹아내려 스며들었으면 좋겠다.

고희를 맞은 지금은 오로지 삶의 행복은 오늘 나의 눈에 보이는 것이 희망이고, 나의 귀에 들리는 것이 기쁨이다.

바로 지금(Now), 여기(Here), 내 가슴에 담겨 있다.

고개 들어 저 멀리 하늘을 한번 보자. Here & Now!

2022년 10월 양평 꽃뜨락에서
김순희 로사

김순희 로사 문화집文畵集

차례

작가의 말

발문 황충상 소설가 동리문학원장

시

스마트소설

단편소설

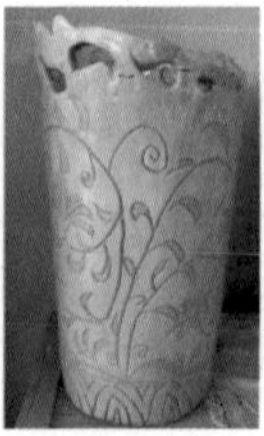

중편소설

여행 산문

시

19. 7. 18

들꽃 노래

파란 하늘
제일 가까운 테를지 초원
이름 모를 작은 풀꽃

지나가는 산들바람도
하늘에서 내려다보는 태양도
바위 틈에 수줍은듯 피어있는 노오란 들꽃에게
잔잔한 사랑 미소 보낸다

하아얀 물매화
붉은 보라빛 패랭이꽃
이름 모를 작은 풀꽃들이
소근소근 사랑을 속삭인다

로사 순희 바라보다

밤하늘 흐르는 은하수 강물에게
빛 소나기로 쏟아져 내리는 별똥별에게
징기스칸 함성을 그리워하는 몽골 넓은
초원의 들꽃들 노래로 화답한다

고난의 십자가

힘듭니다
무겁습니다
제게 주신 이 십자가
여기에 내려놓고 싶습니다

짊어진 이 십자가 너무 무거워
울며 생각합니다

죽음의 골고다 언덕
당신의 그 십자가
아무리 무겁고 힘들어도
아버지 말씀의 십자가
내려놓을 수 없습니다

로사 순희 바라보다

주님
주신 십자가 감사합니다
당신께서는 제가 버틸 크기의
십자가 아십니다

이 십자가는 주님 주신
선물의 무게
당신의 손발에서 흘러내린
핏값의 무게입니다

한마리 학이 되어

천년의 시간을 기다려 한마리 학이 되어
그대의 깊은 마음의 연못으로 날아가오

홀로 쓸쓸히 그 심연의 가장자리를 맴돌며
지난 시간의 그림을 다시 그려보오

애잔한 그리움
끊어질 듯 이어져온 괴로움
한마리 학이 되기 위해
그 수많은 날들을 손꼽았다오

한마리 학이 되어
그대 사랑의 연못으로 날아가고 싶소

로사 순희 바라보나

풀무의 불꽃처럼
사랑의 불꽃되어
사랑의 노래 불사르고 싶소

거대한 날개짓하며 솟아오르는
한마리 학이 되어
그대 생각의 연못으로 날아가고 싶소

그윽한 생명의 향기
무한히 원초적이며 깨끗한
천년의 그리움
당신을 향하여
날아가오
한마리 학이 되어

수선화

긴 긴 겨울 끝에

모습을 내뵈인 너

눈부시고 투명한 노오랑

가련하면서도 굳건하게 보이는 너

햇솜 포근한 흰 눈 속에서

삼월의 태양을 그리는

연녹색 너는 봄처녀

수줍은 듯 조금씩 모습을 내뵈이는구나

너를 보면

흰 눈이 덮힌 광야를 달리는 눈마차가 생각나고

일이불은 고성의 창가에서 Lola를 그리워하며

성에를 닦는 닥터 지바고가 생각난다

로사 순희 바라보다

넓은 들판 한가득 너의 얼굴은
흰 캔버스에 유화 물감을
쏟아 부은 노랑 병아리였다

나는 한 자루의 붓이 되어
초록색 네 몸도 되고, 고동색 너의 눈과
붉은색 조그만 네 입도 되었다

너와의 첫만남 정말 환상이었지
투명한 노란빛으로 나를 사로잡았던 너
너를 덮은 흰 눈이 녹으면
나, 유리 지바고가 되어
다시 만날 너를 손꼽아 기다리리

시

짝사랑

내 인생은 짝사랑
연속이다
어린시절에는 엄마를 짝사랑했고

글을 읽기 시작하면서는
그 많은 동화 속의 주인공을 짝사랑하고,

십대가 시작되면서는
이 세상에서 가장 근사한 오빠를
눈이 동그란 친구를
모차르트와 비발디도
키가 크고 허리가 구부정한
가사 선생님도 짝사랑하였다

로사 순희 바리보디

고등학교 때는 비틀즈를
'미라보 다리' 아름다운 시를 우리에게 읊어주시던
하아얀 얼굴의 불어 선생님을 짝사랑하였다

대학 때는 눈 속 우수가 깃든 한 남자를 짝사랑했다
수줍은 촌색시처럼 마음 들킬까봐 염려했고,
그 사람이 좋아하던 라벨과 라흐마니노프,
끄르베와 니체를 짝사랑했다

그가 좋아하던 무채색이 좋아서
옷, 그림, 나의 모든 것이 무채색화되었다
그와 헤어지면서
나는 다시 모차르트와 노란색을 사랑했고
세잔느와 고호를 짝사랑하였다

시

〈

그런 다음
공해에 오염되지 않은 시골 풀냄새와 같고
과수원 풋사과와 같은 남편을 만나면서
나는 그를 짝사랑했다

그가 자란 사과밭과 금호강을 좋아하고
나와 DNA가 100% 똑같을 내 아이들을 낳은 후
나는 그들을 짝사랑했다
그들이 좋아하는 바이올린과 첼로
차이코프스키와 크라이슬러
알파치노와 에냐, Football과 Red Wing을
탐쿠르즈와 로버트 레드퍼드도
나는 짝사랑했다

〈

이제 내가 가장 짝사랑하는
자랑스런 내 아이들이 떠나면
나는 누구를 짝사랑할까?
내가 사는 동안 짝사랑했던 모든 이들을
다시 짝사랑하면서
이제는 내 자신도 짝사랑할까

낯선 도시의 이방인

적막과 어둠이 깃든 낯선 도시
길가에 서서 외롭게 떨고있는 저 차가운 가로등들
빌딩 사이를 달리는 많은 차들도
철시한 장터를 연상케 하는 문닫힌 도심의 상점도
모두 낯설게 느껴진다

아무도 없는 길 한복판에서
갈 곳 몰라 두리번거리는 나는
낯선 도시를 방황하는 나그네
살아 갈수록 이질감을 뼈저리게 느끼는
나는 그들과 생각도 모습도 다른
고독한 이방인이다

누구를 기다리며

이 낯선 도시에 미련을 두고 맴돌고 있나
낯선 곳이지만 정주고 살면 고향
썰물처럼 바쁘게 도시를 빠져나가는
저 사람들도 나와 같은 이방인인가

희고 검은 피부색 낯익은 얼굴들
그들이 보내는 정다운 미소에서
그들과 하나라고 느낄 수 없는
소외감이 솟는다

언젠가는 내가 태어난
젖과 꿀이 흐르는 고향으로
돌아가야 하는 귀소 연어의 희망
이방인의 여정은 멀다

여자의 웃음은 신을 향한다

요란한 전화벨 소리가 낮잠을 깨웠다.

"인정아! 저녁에 시간 있니?"

수화기에서 친구 윤경이의 숨가쁜 음성이 흘러 나왔다.

"왜?"

"나 바빠서 긴 얘기 못해. 저녁 일곱 시에 인사동 메종에서 만나."

윤경이는 자기 말만 내뱉고 수화기를 놓아버렸다.

인정은 약속 시간에 메종으로 나가 늘 앉았던 창가 자리를 잡았다.

"김인정 씨, 앉아도 될까요?"

웬 사내가 인정을 내려다보았다.

"누구세요?"

"기억 안 나십니까. 저 윤경이 오빠입니다."

"어머! 죄송해요."

"아닙니다. 십년이면 강산도 변한다잖아요. 당연히 못 알아보죠."

인정은 오래 전 사진첩을 넘기듯 그와의 이상한 맞선을 떠올리며 자리를 권했다.

그새 듬성대머리가 된 사내. 인정은 그의 눈을 깊숙이 들여다보며 자신도 모르게 까르르 웃음을 터뜨렸다. 사내의 당황한 얼굴이 굳었다.

"용서하십시오. 전혀 웃길 생각으로 나타난 것이 아닙니다."

인정은 그가 아직 미혼임을 간파했다.

"그래요. 오빠는 웃기지 않는데 우리 속에 있는 신이 웃겨요."

"신이요?"

이번에는 사내가 인정을 바라보며 활짝 웃었다.

"참말로 인정씨 웃음은 신을 향한 웃음이네요."

짝사랑만들기

그녀는 그의 수줍은 듯하면서도 환한 미소를 사랑했다. 어머니의 가슴처럼 푸근한 미소, 마냥 안기고 싶은 그였다. 중년인 그녀는 사춘기 소녀처럼 가슴을 설레이며 그를 그리워했다. 그러다 그녀는 문득 자신을 들여다보았다.

'정말 내가 왜 이럴까?'

그녀는 자신의 깊은 곳을 향해 다시 물음을 던졌다.

'사랑의 대가를 바라지도 않고 이별의 상처도 없이 영원토록 마음껏 사랑하는 것, 그게 뭐지?'

'짝사랑만들기!'

그녀는 처음 자신에게 놀랐다.

들꽃향기

올해는 일찍 겨울이 오는가 보다.

12월 중순인데 전년과는 달리 벌써 기온이 많이 내려가고 그동안 눈도 여러 차례 왔다. 그제 어제 내린 눈이 하얗게 쌓인 골프장 그린 위로 아직도 나무에 남아 있던 낙엽이 찬바람에 여기저기 떨어져 있다.

수연은 거실 창밖 하얀 눈이 덮힌 골프장을 넋 놓고 바라보고 있다.

이 골프장에서 한국여자 골프선수 박세리가 '제이미 파 LPGA' 대회에서 골프장 역사상 최단타로 우승을 하면서 더욱 유명해진 실베니아 하일랜드 매도우 골프장이다. 그 게임이 있고 난 후 수연이 살고 있는 실베니아의 제일 큰 길인 '매인 로드'가 '세리 박 로드'로 이름을 바꿀 만큼 한국의 여자 골프선수가 유명해졌다.

수연의 가슴 한 켠이 뻥 뚫린 것간이 허전하다. 저 넓고

로사 순희 바라보다

황량한 골프장에 불고 있는 찬바람이 모두 그녀의 가슴속으로 들어왔다.

마음에 찬바람이 부니 그녀가 생각났다.

지난 가을 우연한 인연으로 열흘간 수연의 집에 머물다 떠나간 가녀린 들꽃같던 여인 김제니……

'날도 많이 추워졌는데 어떻게 지내고 있을까? 그동안 별고 없이 다운타운 쉘터에서 잘 지내고 있겠지…….'

반복해서 돌아가는 유익종의 '들꽃' 노래 때문에 제니가 생각나는 것이다.

늘 마시는 홍차이건만 오늘따라 유독 향이 좋다.

'돌 틈 사이 피어있는 이름 모를 들꽃 한 송이…….'

소박한 노랫말이 너무 마음에 와 닿고, 곡 한 음절 한 음절 허전한 가슴을 메워주었다.

지금은 콜로라도 주에서, 미시간 주에서 각자 가정을 꾸미고 살고 있다. 아이들이 저 넓은 잔디밭에서 뛰어 놀 때가 엊그제 같다.

수연의 눈가에 눈물이 핑 돈다.

'내가 왜 이러지?' 사추기가 시작 되는가 보네. 잊고 살던 사람들이 그립고, 아이들이 왜 이다지도 보고 싶을까? 수연은 당황스러워졌다.

"따르릉, 따르릉……."

고막이 찢어질 듯 크게 울리는 전화벨 소리가 수연을 상념에서 현실로 끌어냈다. 얼른 수화기를 들었다. 목소리가 전혀 귀에 익지 않는 흑인 여자 목소리였다.

"여보세요? 거기가 이수연 씨 댁인가요? 아! 제가 바로 전화를 했군요. 죄송하지만 이수연 씨 계신가요?"

"제가 이수연인데 누구신지요?"

"아! 그렇습니까? 전화 받는 분이 이수연 씨 맞습니까? 여기는 톨레도 다운타운에 있는 성 클라라 병원입니다. 어제 새벽 신원을 알 수 없는 한국 여인 환자가 병원에 실려왔습니다. 그런데 지금 이 환자가 혼수상태에 빠져 무척 위독합니다. 그 여자 환자 소지품에서 이수연 씨 이름이 적힌 쪽지가 발견되어 전화를 했습니다. 실례인줄 알지만 지금 이곳으로 와 주실 수 있습니까? 환자가 빨리 수술 수속을 해야 하는데 전혀 신원을 알 수가 없어 수술을 못하고 있습니다. 빠르면 빠를수록 좋습니다. 이수연 씨의 도움이 필요합니다."

"그래요? 제가 곧 가겠습니다. 그곳의 약도와 주소, 그리고 전화 번호를 알려 주실래요? 이곳은 실베니아의 슬리피 힐토우입니다."

로사 순희 바라보다

"물론입니다. 주소는 1800 오하이오 스트리트 성 클라라 병원이고, 전화번호는 (419)357-2620번 입니다. 이곳을 오시려면 실베니아에서 I-475 동쪽을 타시고 오시다가 I-75을 만나면 남쪽, 데이톤 가는 길로 바꿔 타시고 2번째 출구인 다운타운 길로 나와 우회전을 하면 오하이오 스트리트 입니다. 직진을 하여 5블록을 오면 오른쪽에 성 클라라 성당이 나오고 성당을 지나 둘째 번 붉은 벽돌 7층 건물이 병원 입니다. 이렇게 도와주셔서 정말 고맙습니다. 기다리겠습니다. 아…… 참 저는 병원 원무과장 스테파니 수녀 입니다. 원무과에 오셔서 제게 연락을 주십시요."

'도대체 어떤 사람이 그런 변을 당했을까?' 수연은 오디오를 끄고 서둘러 외출 준비를 하였다.

수연의 차가 하이웨이에 들어서자 저 멀리 톨레도 대학교 본부 건물이 둘러 쌓인 숲 속에서 아침 햇살에 반사되어 아름다움을 뽐내고 있다. 수연은 늘 이 지점에 오면 저 아름다운 대학교 건물을 바라보면서 1900년대 이 도시의 옛 영화를 느꼈다.

전에 톨레도 미술관과 미술내학에서 일할 때는 매일 다

운타운으로 출근하였는데 일 년 전부터 대학 본부의 국제 학생 사무실로 자리를 옮긴 후부터는 일 년에 한두 번 미술관에 간 것을 빼고는 거의 다운타운에 갈 일이 없었다.

오랜만에 가보는 톨레도 다운타운은 여전히 활기가 없다. 완전히 죽은 도시다. 보는 사람의 마음을 심란하게 한다.

이곳 톨레도는 오하이오 주에서 4번째로 큰 도시며 Jeep자동차와 유리산업인 Libby의 본고장이며 이리호수와 연결된 큰 마우미 강이 다운타운 옆을 지나고 있다.

강변의 경치가 좋다. 1900년대 자동차 산업의 부흥과 함께 번창했던 도시이다. 그러나 지금은 자동차 산업의 노후와 쇠퇴로 죽어버린 도시다.

고딕식, 이오니아식 건축양식의 멋졌던 건물들이 다운타운이 죽어감과 더불어 비어있는 숫자가 늘어났다. 빈 건물들이 집 없는 걸인들의 방화로 시커멓게 변하여 폐허가 되고, 그들이 더 이상 들어가지 못하도록 창문마다 판자로 막고 못질을 해놓은 건물들이 너무나 많다.

거리의 양지바른 곳과 빈 건물 앞에는 웅크리고 앉아 있는 흑인들이 많다.

날씨가 갑자기 추워졌기 때문인지 모두 햇볕이 잘 들고

로사 순희 바라보다

더운 바람이 나옴직한 건물의 환기통 앞에 옹기종기 모여 앉아 있다.

9.11 뉴욕 세계 무역 센터 사태 후에 몰아 닥친 미국 경제 침체로 톨레도 다운타운은 죽어가는 모습이었다.

상념에 빠져 운전을 하고 있는 사이 어느새 수연은 성당 앞에 도착하였다. 스테파니 수녀가 준 약도대로 가니 쉽게 병원을 찾을 수가 있었다. 수연은 병원 주차장에 차를 주차하고 빠른 걸음으로 병원 원무과를 찾았다.

원무과 안내 창구에 앉아 있던 뚱뚱한 흑인 여인이 스테파니 수녀에게 인터폰으로 수연의 도착을 알렸다.

잠시 후 곱슬거리는 짧은 머리를 한 자그마하고 깡마른 흑인 수녀 한 분 이수연 앞으로 바쁘게 다가왔다.

"이수연 씨 맞나요? 저는 스테파니 수녀 입니다. 이 병원의 원무과를 맡고 있습니다. 지금 시간이 없으니 인사는 뒤로 미루고 가면서 이야기합시다. 먼저 환자를 아는지 확인해 주십시요."

"그런데 어떻게 제 이름과 전화번호를 아시고 연락을 하셨는지요?"

"사고 당시 환자가 가지고 있던 소지품 속에서 한국어로 이수연 씨 이름과 전화번호가 적힌 쪽지를 발견했습니다. 환자는 교통사고로 현재 의식불명이고 아주 위독한 상태입니다. 빨리 수술을 해야 하는데 신원이 확인되지 않아 수술을 지체하고 있으니 어서 중환자실로 가야합니다. 자세한 이야기는 환자 신원을 확인한 뒤에 하기로 해요."

한참 복도를 지났다.

"아, 중환자실에 다 왔습니다. 저 안에 들어가기 전에 여기 멸균된 가운을 입으셔야 합니다. 이 마스크와 덧신도 함께, 그리고 가운을 다 입으셨으면 저를 따라오세요."

'관계자 외 출입금지'라는 글이 붙어있는 문을 밀고 들어섰다. ㅁ자형으로 침대들이 놓여있다. 한 면은 전체가 유리로 되어 있어 간호원 스테이션에서 중환자들의 모습이 전부 볼 수 있었다.

스테파니 수녀는 수연을 데리고 유리 벽 앞에 있는 한 침대로 걸어갔다. 그 침대에는 조그만 여자 환자가 누워 있었다.

그 환자는 시퍼렇게 피 멍이 들어서 부어있는 조그만 얼굴만 빼고 온 머리가 흰 붕대로 감겨있었다. 그나마 그 조그만 얼굴에 산소호흡기가 부착되어 얼굴 모습이 제대

　　　　　　　　　　로사 순희 바라보다

로 보이지가 않았다. 그밖에도 여러 가지 기계가 몸에 부착되어 있고 조그만 여자 환자는 죽은 듯이 눈을 감고 누워 있었다.

"이수연 씨가 아는 사람인지 봐 주세요."

수연은 침대로 다가가서 의식불명인 환자를 찬찬히 들여다보았다. 도무지 누군지 알아볼 수가 없었다.

시체와 같이 의식불명인 채로 누워 있는 여인이 너무 측은하고 안스러웠다.

"누구인지 잘 모르겠는데요…… 얼굴이 너무 많이 망가져서…… 이 분이 갖고 있던 소지품을 보여주세요."

"빨리 수술을 해야 하는데……. 소지품으론 가방이 하나 있는데 사고 당시 입었던 옷과 함께 플라스틱 백에 넣어 보관하고 있습니다. 제 방으로 가시지요."

5층 복도 제일 끝에 자리잡은 스테파노 수녀의 방에 들어서니 시원하게 큰 창문으로 마우미 강이 내려다 보이고, 창 옆으로 커다란 책상과 방 한가운데 밤색 소파가 놓인 소박한 사무실이었다.

"여기 앉으시지요. 잠깐 기다리세요."

스테파니 수녀는 수연에게 무척 푹신해 보이는 밤색 소파에 앉기를 권하고 책상 옆에 있는 벽장문을 열고 병원

마크가 인쇄되어 있는 커다란 비닐 백을 꺼내어 왔다. 수녀는 비닐 백을 열고 환자가 사고 당시 입었던 옷을 테이블 위에 꺼내놓았다.

낯이 익은 검정색 체크 무늬 반코트를 보는 순간 수연은 너무 놀라서 자신도 모르게 자리에서 벌떡 일어나 스테파니 수녀가 들고 있는 비닐 백을 빼앗아 그 안에 있는 물건들을 전부 꺼내어 탁자 위에 쏟았다.

"이건 제니의 것인데…… 아까 누워있던 사람이 제니란 말인가? 아니야…… 그럴 리가 없어. 무언가 착오가 아니 잘못이……."

수연은 가슴이 떨리고 머릿속이 완전히 뒤죽박죽이다가 깨어났다.

그 옷들은 지난 가을, 제니가 수연의 집에 왔을 때 입고 있던 옷들과 백 속에 들은 넝마 같은 옷들을 모두 태워버리고, 그녀에게 맞을 것 같은 수연의 옷들을 골라서 준 것이었다.

"이수연 씨, 그 환자 아시는 분이세요? 이제 누구인지 알겠어요?"

"예, 제가 아는 사람입니다. 지난 가을, 저의 집에서 한

열흘간 같이 지냈던 여인, 제니 입니다. 제가 저기 미시간 애비뉴에 있는 쉘터(집 없는 사람들을 보호하는 시설)에 데려다 주었는데 어떻게 저렇게 되었는지 이해가 안 갑니다."

'저 불쌍한 여자 환자가 제니라니…….'
수연의 눈에 눈물이 가득 고였다.
"이수연 씨가 잘 아는 사람 입니까?"
수연은 지난 가을을 회상하며 사실대로 말했다.
"쉘터에서 영어를 전혀 못하는 무연고자 동양여자가 있는데 도와달라고 제가 근무하는 학교로 연락이 와서 그곳에 가서 그녀를 만났습니다. 기억 상실증 인지 아니면 정신 질환인지 모르지만 실어증으로 말을 전혀 못하고, 정신 또한 온전치가 않아 정신병원이나 보호시설로 보내려고 해도 신원을 알 수가 없어 난감한 상태였어요. 제가 그녀를 만나보니 한국인이었고, 실어증 증세가 있어 말은 못 해도 한국어로 물어보면 알아듣고 이해를 하면서 몸짓으로 응답했어요. 알코올 중독과 담배에 절어 있었고, 정신이 온전치 않으니 몸조심을 못해서 상처투성이였습니다. 그래서 쉘터에서 제가 그녀의 신원보증을 서고 정부와 보호시설의 도움을 받을 수 있도록 주선을 해 주었이요. 그리고 그날 김 제니라고 이름과 신분증을 만들어 주었는데…… 신분증은 어디서 잃어 버렸을까? 그녀가 이렇게 된 데는 제 잘못이 큽니다. 제가 제니에게 계속 관심을 갖고 보살폈어야 했는데……."

스테파니 수녀는 테이블 위에 꺼내져 있던 제니의 물건들을 다시 가방 안에 집어 넣었다. 그리고 '톨레도 블래드' 어제 아침 신문을 가져다 펼쳐보았다.

'12월 13일 오전 4시 40분경 2500번지 미시간 애비뉴 도로 변에서 쓰러져있던 신원을 알 수 없는 동양여인이 눈을 치우던 제설차에 치어서 성 클라라 병원으로 옮겨 가료 중이나 의식불명으로 생명이 위독하다.'

수연은 신문기사를 읽으면서 지난해 가을, 마당 돌 틈 사이에 피어있던 이름 모를 들꽃 같았던 그녀의 가녀린 모습을 떠올렸다.

미시간 애비뉴의 '성모의 딸' 수녀원에서 운영하는 쉘터에서 그녀를 처음 만났다. 긴 머리는 엉클어진 채로 고 누울노 니니고 씨고 해안 얼굴은 여기저기 상처가 나고 눈 가에는 눈꼽이 붙어서 지저분했다. 입고 있는 옷은 언제 빨았는지 때가 반질반질하게 묻어 옷의 무늬도, 색깔도, 천의 짜임새도 알아볼 수 없었다. 몸에서 너무나 지독한 담배 냄새와 오랫동안 씻지를 않아 똥 냄새보다도 더 참을 수 없을 만큼 역하고 더 독한 냄새가 나서 도저히 곁에 다가갈 수 없었다.

그러나 어디서 본듯한 하얀 얼굴의 조그만 여인은 수연을 보자마자 옆에 딱 붙어 앉아서 수연에게서 떨어지질 않았다.

같은 동포가 너무 비참하고 가여운 모습으로 쉘터에서 보호를 받고 있는 것을 보니 가슴이 찢어지도록 아팠다. 그녀가 보호시설의 도움을 받아 병도 치료하고 온전한 사람의 모습을 하고 다가 올 겨울을 쉘터에서 무사히 추위와 배고픔에서 벗어났으면 좋겠다고 생각하였다.

그래서 수연이 도울 수 있는 방법을 전부 동원하여 그녀가 정부에서 보조금도 받고 보호시설에서 치료도 받을 수 있도록 하루 종일 쉘터의 책임자 수녀님과 함께 여기저기 뛰어다니며 도와주었다.

쉘터에서 일이 끝나고 집에 돌아오려고 바바리코트를 입으려는데 제니가 코트자락을 붙잡고 놓지 않았다. 너무나 가녀린 모습의 그녀가 애절한 눈빛으로 수연을 바라보며 가지 말라고 말은 못하고 못 가게 애원했다. 수연은 차마 그녀를 뿌리치고 쉘터를 나올 수가 없었다.

나중에는 더러운 손으로 흐르는 눈물을 닦아 얼굴과 손이 엉망으로 범벅이 되었다. 너무나 불쌍하고 애절하여 수연은 그녀를 집에 데려가 목욕을 시켜주고 옷이라도 갈아 입혀주고 싶어졌다. 마침 학교가 개학을 하지 않아 수연이 그녀를 집으로 데려가 돌볼 시간이 있었다. 수연은 수녀님께 허락을 받고 그녀를 차에 태워 집으로 데리고 왔다. 상의도 없이 저지른 수연의 행동에 온 식구가 경악을 금치 못했다.

도착하자마자 그녀를 목욕시키고 머리를 감기는 일부터 수연에게는 너무 벅차고 힘든 일이었다. 그러나 아들만 둘인 수연에게는 그녀를 씻길 수 있는 사람이 수연말고는 다른 사람이 없었다.

3일에 걸쳐 목욕탕에 더운 물을 받아놓고 같이 벗고 들어가 머리를 감기고, 더러운 몸을 더운 물에 불려서 이태리 타올로 온 몸이 벌겋게 되도록 박박 밀어서 닦아주었다.

사흘째 되는 날부터 그녀는 낮이고 밤이고 잠을 안자고

밖으로 뛰쳐 나가려고 하였다.

수연은 그런 현상이 중독증이 있는 사람들이 겪는 금단 현상이라는 것을 몰랐다. 그녀가 알코올, 니코틴 중독과 정신이 온전치 못하다는 사실을 깜빡하였다. 잠시 눈을 돌리는 사이 그녀는 뒷마당으로 뛰어 나가고 아니면 거실 바닥에 누워서 난동을 피웠다.

24시간 그녀에게서 눈을 뗄 수가 없었다. 하루하루 날이 갈수록 수연은 마음의 갈등을 느끼기 시작했다. 마침내 온 지 일주일이 되었을 때 그녀는 손님 방에서 금단현상으로 기절하듯이 쓰러져 일어나지를 못하였다. 옆집 사는 한국인 의사에게 연락하여 진정제와 수면제를 맞혀 잠을 재웠다.

너무 힘이 들어 정신과 의사에게 그녀를 어떻게 하면 좋을지 상의를 하였다. 그녀가 불쌍한 것은 사실이지만 그렇다고 환자를 무작정 집에 데리고 온 것은 경솔한 처사였다고 조언을 하며 그녀를 하루빨리 쉘터로 다시 돌려 보내라고 하였다.

9일이 되는 날 저녁, 수연이 저녁 준비를 하고 있는데 거실에서 마치 짐승이 울부짖는 듯한 소리가 들려왔다. 깜짝 놀라서 수연이 거실에 갔을 때는 차마 눈 뜨고 볼 수 없는 광경이 벌어지고 있었다.

그녀가 몸에 실오라기 하나도 걸치지 않은 나체로 소파에 누워서 다리를 벌리고 음부를 다 드러내놓고 오른손 세 손가락을 집어넣어 수음을 하고 있었다. 그녀는 마치 발정기의 암캐와 같이 몸을 뒤틀며 눈의 동공은 초점을 잃고 벌겋게 충혈되었다. 입은 헤에 벌린 채 침이 흐르고 있으며 동물과 같은 원초적인 성욕을 참지를 못해 포효하듯 괴성과 같은 신음소리를 지르고 있었다. 정신이 온전치 못하여도 인간의 성욕은 죽지 않고 저토록 원초적인 동물의 본성으로 나타나는가 보다.

수연은 너무 놀라서 얼른 담요를 가져다 그녀의 몸을 덮어주었다.

아래층에 있는 아들들이 소리를 듣고 올라와서 그 광경을 볼까봐 걱정되어 정신을 놓고 있는 그녀를 손님방으로 데려가 침대에 눕혔다.

다음날 수연은 그녀를 더 이상 데리고 있을 수가 없어 다운타운의 쉘터로 다시 데려다 주었다. 그것이 그녀가 살아있을 때 수연과의 마지막이었다.

'내가 제녀를 쉘터로 되돌려 보내지만 않았어도 이렇게

허망하게 죽지는 않았을 텐데…… 제니에게 정말 미안하다.'

그녀의 기구한 운명이 너무 가련하고 불쌍하여 수연의 두 눈에서는 주체할 수 없는 눈물이 흘렀다.

그때 정적을 깨고 스테파니 수녀의 책상 위에 있는 전화가 요란스럽게 울렸다.

"여보세요, 무슨 일이지요? 곧 내려가겠어요. 이수연 씨! 환자가 위독하답니다. 빨리 같이 내려가시지요."

스테파니 수녀와 함께 다시 중환자실로 달려갔다. 그녀는 이미 뇌사상태에 들어가 있었다.

바로 조금 전에 담당의사가 도착하여 제니에게 사망확인선고를 내렸기 때문에 수연이 중환자실 안에 들어갔을 때는 제니의 얼굴에서 막 산소호흡기가 떼어지는 순간이었다.

산소호흡기를 뗀 얼굴을 보니, 게다가 시퍼렇게 부어오른 얼굴에서 오뚝한 코 옆에 있는 조그만 까만 점이 한눈에 들어왔다. 그 점을 보니 지난해 가을, 수연의 집에 있었던 제니가 확실하였다.

수연은 얼른 침대 밑으로 축 늘어진 손을 잡아보았다. 니코틴으로 짙은 고동색으로 젖은 앙상하게 뼈가 드러난

오른손 엄지와 검지를 보니 이 여인은 틀림없이 제니였다.

제니의 죽음이 확인되자 몸에 부착되었던 여러 기계들이 거두어졌다. 그리고 하얀 시트가 시퍼렇게 피 멍이 들어 부어 오른 제니의 얼굴 위에 덮어졌다.

너무나 가련하고 불쌍하여서 그토록 주체할 수 없이 흐르던 눈물도 더 이상 나오지가 않았다.

그녀가 정신을 놓은 상태로 얼마 동안 어떻게 살아왔는지 아무도 모른다. 처음 고향인 한국에서 비행기를 탔을 때는 무지개 빛 꿈, 아메리카 드림을 가지고 머나먼 이곳 미국까지 왔었을 텐데……. 얼어붙은 길거리에서 눈과 함께 제설차에 치어서 아무도 그녀 곁에 없이 행려병자로 혼자 이 세상의 마지막을 보낼 줄을 알았을까? 저렇게 가련하고 불쌍하게 살다가 죽은 제니를 생각하면 너무 기가 막히고 불쌍하여 온 몸이 저려왔다.

어느새 병원의 남자 간호원들인지 초록색 멸균 가운을 입은 우락부락하게 생긴 흑인 남자 두 사람이 들어와서 죽어서 흰 시트가 덮여 있는 제니의 침대를 끌고 중환자실을 나갔다. 수연은 멸균 가운을 벗을 겨를도 없어 그대로 입은 채 그들을 쫓아 지하에 있는 냉동 시체안치실로 갔다.

냉동 시체안치실은 통제구역이기 때문에 안에는 관계자 외는 들어갈 수 없었다. 수연은 문 밖에서 그녀가 저세상에서는 어느 누구보다 행복한 영생을 살도록 연도를 바쳤다.

아마도 저승사자 같은 그들은 저 안에서 익숙한 솜씨로 제니의 시신을 침대에서 옮겨 옷을 벗기고, 머리의 붕대를 풀어서 냉동 시체보관함에 넣었을 것이다.

이 냉동 시체 보관함에 있다가 모든 서류가 준비되면 제니가 보호자가 없는 행려병자이기 때문에 의과대학의 해부용 시신으로 보내진다고 하였다.

제니의 시신을 냉동 보관실로 끌고 갔던 남자 간호사들이 밖으로 나와서 그곳을 떠난 후에도 수연은 도무지 발이 떨어지지가 않아 그 지하 시체안치실 앞을 떠날 수가 없었다.

얼어붙은 눈밭에 내팽개쳐서 행인들의 발에 짓이겨져 얼어 죽어버린 한 포기의 들꽃 같은 제니가 너무 불쌍해서.

한참 후 스테파니 수녀가 수연을 데리러 왔을 때까지 그대로 그렇게 멍하니 서 있었다.

"이수연 씨, 그만 올라갑시다. 사망신고서에 증인으로

사인도 해주셔야 하고, 그밖의 여러 가지 서류가 더 있는데…… 아무튼 그녀의 마지막을 이수연 씨가 정리를 해주셔야 할 것 같군요."

수연은 말없이 고개를 끄덕이고 스테파니 수녀를 따라 5층으로 다시 갔다.

어느 사이 스테파니 수녀는 제니의 소지품을 처음과 같이 병원 마크가 인쇄된 비닐 백에 가지런히 집어 넣어 테이블 위에 올려 놓았다.

스테파니 수녀가 가져온 서류는 첫째, 담당의사의 사인이 들어있는 사망 신고서이고 그 아래 두 사람의 증인의 사인이 필요한데 하나는 스테파니 수녀가, 다른 하나는 수연에게 해달라는 것이다.

그리고 다른 서류는 제니가 연고가 없는 행려병자였다는 사실 확인서, 또 다른 하나는 시신을 병원에서 임의로 사용한다는 다시 말해 사체포기각서이었다. 그것들 말고도 너댓 장의 복잡한 서류들이 더 있었다.

그래도 제니의 얼굴을 안다는 사람이 하나라도 나타나니까 연고 없는 행려병자의 사체지만 병원 임의로 함부로 할 수 없었는지 10장도 넘는 많은 서류를 가져와서 수연에게 증인으로 사인을 하라는 것이다. 작은 글씨로 된 서류들을 짧은 시간에 주의해서 읽을 수는 없었지만 그 종이 10장의 내용은 제니가 고해와 같은 이 세상을 떠나가는 마지막 관문 확인서였다.

수연이 서류에 사인을 다 마치자 스테파니 수녀는 흑인 특유의 억양으로 조용조용 이야기했다.

"병원 규칙상 3개월 동안 사체를 보관했다가 화장을 해야 합니다. 오늘로부터 3개월이 되는 날, 화장을 합니다. 장례식이 하시고 싶으면 미리 연락을 주세요. 병원 신부님께 미리 장례미사를 신청해 놓도록 하겠습니다. 그리고 고인의 소지품은 이수연 씨가 가져 가셔도 됩니다. 혹시라도 앞으로 고인에 대하여 문제점이 있거나 문의할 일이 있으면 이수연 씨가 대리인 자격으로 참석해 주셨으면 좋겠습니다. 이렇게 도와주셔서 정말 고맙습니다. 아마 고인도 이수연 씨 같은 분이 본인의 마지막을 지켜주어 기쁘게 안심하며 눈을 감았을 것입니다."

병원 마크가 인쇄된 커다란 비닐 백을 들고 일어서는 수연에게 스테파니 수녀가 정중히 말했다.

"이제 그 중환자실 가운은 벗으셔도 됩니다. 여기에 벗어놓고 가세요. 제가 치울게요. 아까는 모두 정신이 없어서…… 이해가 갑니다."

수연은 초록색 멸균 가운을 벗어서 테이블 위에 올려놓고 스테파니 수녀의 방을 나와서 병원 주차장으로 걸어가는데 자꾸만 눈 앞이 안개가 낀 듯이 시야가 부옇게 흐려졌다. 손등으로 아무리 눈을 닦아도 멈추지 않고 그냥 주체할 수 없이 줄줄 흐르는 눈물 때문에 더 흐려지고 점점 손등만 젖어갔다.

차의 시동을 켜고 자동차에 부착된 시계를 보니 어느새 오후 3시가 다 되어가고 있었다. 아침 10시 경에 집에서 나왔는데 정신 없이 돌아치다 보니 어느새 5시간이란 긴 시간이 순식간에 지나갔다.

오늘 수연은 제니의 죽음을 통해서 인간의 삶에 대하여 너무 많은 것을 느끼고 깨달았다.

아침에 다운타운으로 올 때는 그토록 아름답게 보였던 톨레도 대학교 본부 캠퍼스의 정경이 지금 수연의 눈에는 한갓 오래된 벽돌 건물로 밖에 비추어지지 않는다.

삶이란 죽음 앞에서는 보잘것없이 아무것도 남지 않는 무상(無常)이기 때문에……

정신없이 운전을 하다 보니 사록수의 푸르름이 앞을 막

는다.

어느새 고속도로를 지나 수연이 살고 있는 실베니아로 나가는 길로 들어서고 있었다. 이 실베니아는 주위에 나무가 많아 동네 이름을 실베니아로 지었다고 한다.

차가 '세리 박 로드'로 들어섰다.

우리 모두가 아메리카의 푸른 꿈을 안고 태평양을 건너 왔건만 이토록 극과 극으로 치닫는 삶을 살 수밖에 없는가.

같은 한국 사람이면서 한 사람은 너무 유명해져서 거리의 이름에까지 자신의 박세리라는 이름을 남기고, 또 다른 한 사람은 본인의 이름도 모르는 아니 자신이 누구인지도 잊은 채 차갑게 꽁꽁 얼어붙은 새벽 길에서 눈과 함께 제설차에 쓸려서 만신창이가 되어 이 세상을 떠나갔다.

그러나 수연은 느낄 수 있다.

비록 박세리처럼 진한 향기를 온 세상에 내뿜지는 못한 채 가여웁게 이 세상을 떠나 갔지만 세상 사람에게 전혀 느껴지지 않는 것 같은 은은한 들꽃향기처럼 제니는 수연의 가슴속에 영원히 남을 것이다. 있는 듯 없는 듯 은은하고 소박한 들꽃향기가 되어…….

그녀만의 자유

그녀만의 자유

선경은 정상이 만년설 빙하로 덮인 글래시어 산 중턱에 있는 호텔 포오치에 앉아 고요하고 잔잔한 대서양을 하염없이 바라보았다. 산 밑에서 바닷가로 이어지는 평화로운 작은 마을의 집들, 마을 끝자락 우수아야 부두에 정박한 어선과 여객선, 칠레 국기가 꽂힌 군함도 보였다. 지구상의 대륙 중 가장 남쪽 땅 아르헨티나의 파타고니아 주 작은 도시 우수아야는 한 폭의 그림 같았다.

생을 조용히 마감하고 싶어 떠난 고별여행이지만 시간이 갈수록 20여 년 살면서 그녀의 손길이 닿지 않은 곳이 없는 에반스톤에 두고 온 호숫가의 집과 사랑하는 아이들, 저 바닷물과 같이 파란 미시간 호수가 그리워졌다.

그리움에 눈시울이 젖어드는 줄도 모른 채 선경은 조금 전 호텔 종업원이 배달하고 간 샌프란시스코에 있는 큰 아이 식훈의 소포를 뜯어 보았다.

그 안에는 생일카드와 함께 그녀가 좋아하는 요요마가 연주하는 첼로 곡인 레옹하드 봉 칼의 '세레나데 op.84' CD와 영화 주제음악인 바이올린 곡, '사랑의 곡(A Love Idea)'이 들어 있는 CD, 그리고 그 음악이 나오는 영화 '부르클린으로 가는 마지막 비상구' 비디오테이프가 들어 있었다.

많이 생각했어요. 어머니의 행복에 대하여. 지금까지 부끄럽게 않게 살아오신 이십사 년의 삶과 현재 위치에선 어떤 조건들이 진정으로 어머니를 기쁘게 해 드리는 것들일까, 하고.

제 바램은 그래요. 우선 건강하셨으면 좋겠고, 무슨 일을 하시더라도 보람과 긍지를 가질 수 있는 일만을 하실 날이 왔으면 좋겠어요.

그리고 지금부터의 삶에 대한 희망을 가지셨으면 하는 것들이 제 자그마한 소원이에요. 언제나 말씀하셨듯이 어머니께서 축적해 놓으신 재산은 집도 아니고 돈도 아닌 세상 어느 누구에게도 뒤지지 않는 두 아들들이란 사실을 명심하시고요. 제 모습과 생각은 어머니의 믿음과 주관이 낳은 것입니다. 그 많은 갈등 속에서도 꿋꿋이 두 어깨를 펴고 일어날 수 있는 용기와 앞으로 살아 갈 제 삶에 대한 열정 또한 어머니의 은혜란 것을 깨달을 때마다 느껴요. 제가 얼마나 어머니를 사랑하는지를.

어머니의 54번째 생신을 진심으로 축하드려요. 사랑해요.

— 아들 석훈 올림.

선경의 가슴에 아들 석훈의 사랑과 그리움이 파도되어 밀려왔다. 그동안 그녀와 사랑하는 두 아들이 겪어 온 그 많은 슬픔과 갈등, 상처들이 석훈의 사랑이 담긴 카드로 하얗게 부서져서 다시 파도가 되어 대서양 바다로 밀려갔다.

지난 6년 동안 가슴속에 영원히 아물지 않는 아픈 상처로 자리잡고 있는 30여 년을 자신과 함께 살아온 남편 성욱과의 관계가 문득 되살아났다.

6년 전, 그녀의 가정에 전혀 뜻하지 않은 거센 태풍이 불어왔다. 남편 성욱에게는 사랑하는 여자가 있었고, 선경이 그 사실을 알았을 때는 그 여자와 아이들에게서 도저히 헤어날 수 없을 만큼 깊은 사이가 되어 있었다.

살고 있는 곳이 미국에서 다섯 손가락에 드는 대도시라고는 하시만 소수 민족인 한국 교포들의 사회는 도시에

로사 순희 바라보다

비해 생각보다 너무나 좁았다. 몇 년간 비밀리에 이어 온 남편과 그 여자 사이의 불륜이 한인 교포 한 사람, 두 사람 눈에 띄어 알려지기 시작하였다.

처음 그 사실을 고등학교 동기 동창에게 전해 들었을 때는 남편 성욱은 절대로 그럴 사람이 아니라고 네가 잘못 본 거라고 한마디로 잘라버렸다. 그녀가 아는 남편 성욱은 병원과 집, 아이들과 선경이 삶의 전부라는 것을 믿고 30여 년을 미국 땅에서 살아왔기 때문이었다.

그러던 어느 토요일 저녁 선경이 잡지사 취재차 시카고 서쪽 교외의 쇼핑몰에 갔다가 성욱이 그 여자와 그녀의 딸들과 함께 다정히 저녁 식사를 하고 있는 것을 목격하였다.

"아니, 당신이 여기 어떻게……."

선경이 지금 막 스쳐 지나온 테이블에서 딸아이에게 음식을 먹여주며 단란하게 식사를 하던 남자가 맞은편 의자에 앉는 선경과 눈이 마주치자 놀라 벌떡 일어서면서 하는 소리였다.

선경은 자신의 눈이 믿어지지가 않아 두 손으로 눈을 비비고 다시 보아도 틀림없는 남편 성욱이었다.

'토요일인데도 당직이라고 병원에 간 성욱이 왜 이 시

간에 병원이 아닌 이곳에서 모르는 사람들과 같이 저녁식사를 하고 있을까?' 그러나 믿어지지 않는 분명한 현실이었다.

'이럴 때는 내가 어떻게 해야 되나……'

잠시 엉뚱한 생각을 하다 선경은 인터뷰를 취소하고 그냥 집으로 돌아왔다. 토요일 저녁의 복잡한 귀가 길을 30분씩이나 어떻게 운전을 하고 집에 왔는지 아무것도 생각나지 않았다.

그녀의 눈에는 오로지 딸아이를 옆에 앉히고 너무나 행복한 얼굴로 저녁을 먹고 있었던 성욱의 낯선 모습만 떠올랐다.

'성욱이 저토록 자상한 아버지의 모습으로 두 아들들과나, 함께 화기애애하게 정겨운 식사를 해 본 적이 언제 있었던가?' 생각해보지만 도무지 그런 기억이 머리에 떠오르지 않았다.

선경은 자신에게 다가오고 있는 거센 폭풍을 머리끝에서 발끝의 말초신경까지 전율처럼 느꼈다. 순간 온몸에 소름이 확 돋았다. 선경을 뒤따라온 성욱은 석고처럼 하얗게 굳어 있는 선경을 보고 '올 것이 왔구나' 하는 표정이었다. 밑없이 신성을 바라보던 성욱은 아무런 변명도

로사 순희 바라보다

사과도 한마디 하지 않은 채 아래층 침실 옆에 있는 서재로 들어가서 문을 굳게 잠궈 버렸다.

　그 저녁 이후 성욱은 침실을 서재로 옮기고 선경에게 더 이상의 애정도 표현하지 않았다. 그리고 이 일을 계기로 성욱은 그들의 관계를 은폐하려고 하지 않고, 주말이면 공공연히 그 여자에게서 외박을 하고 월요일 아침 일찍 집에 돌아왔다.

　시간이 갈수록 성욱의 몸과 마음은 선경에게서 멀어졌다. 그런 성욱을 선경은 한마디 말도 없이 지켜보며 몇 달 악몽 같은 나날을 보냈다. 그러던 어느 날 성욱이 선경을 붙들고 처음으로 이야기를 꺼냈다. 그러나 선경은 차갑게 굳어질 뿐 말이 없자, 성욱이 먼저 쏴 부쳤다.

　"네가 지금 어떤 맘으로 이러는지 알아. 그런데 나는 네가 더운 피가 흐르는 인간 같지가 않아서 너무나 무섭고 정나미가 떨어진다. 더 이상 이제 네게 할 말도, 또 구차하게 변명할 마음도 없다. 하지만 내 사전에 이혼이란 말은 없으니까 우린 그냥 이대로 죽을 때까지 조용히 살자."

　선경은 성욱을 쳐다보았다.

　'이 사람이 정말 내 남편이 맞는가?'

그녀는 성욱이 자신을 사랑하지 않고 있다는 사실을 확인하는 순간 자신의 양심에 눈이 뜨였다. 온전히 잊은 줄 알았던 그 사람이 불연 듯 보고 싶어졌다. 선경은 자신이 그 사람을 사랑하고 마음속에 간직하고 있어서 하느님께서 그녀에게 벌을 내리고 계시는 거라는 생각이 들었다.

마음의 간음, 그것이 비록 잠재의식 속에 갇혀 있다고는 하나 외간남자를 사랑하고 있다는 씻을 수 없는 죄책감에 빠져 그녀는 더욱 삶의 용기를 잃었다. 이런 성욱과의 불편한 관계가 아이들과 남들에게 알려질까 봐 선경은 성욱에게 집으로 다시 돌아오길 애원을 하였다. 심지어 공갈 협박도 하였지만 한번 흘러간 강물은 다시 돌아올 수 없듯이 떠난 성욱의 마음은 돌아올 수 없는 먼 곳, 큰 바다까지 가 있었다. 그 후 이곳에 오기까지 그들은 같이 한 집에서 살고 있어도 단지 형식적이고 상투적인 부부관계로 서로를 상처 주며 힘들게 살아왔다.

선경은 날이 갈수록 체중이 줄고 자주 현기증이 나고 온몸이 쑤시고 아팠다. 밤마다 불면증에 시달리다가 새벽녘이 되어야 겨우 잠이 들면 악몽에 가위눌려 깨어나기 일쑤였다. 늘 편도신과 귀드랑이가 부어서 열이 있는 것

로사 순희 바라보다

이 아무래도 선경은 자신의 건강이 예전과 다르다고 심상치 않게 느껴졌다. 그러나 선경은 무서워서 도저히 병원을 갈 수가 없었다.

만약에 병원에 갔다가 죽을 수도 있는 큰 병이라고 하면 어떻게 하나? 하는 두려움 때문에 그냥 참다가 도저히 못 참을 만큼 아프고 힘들면 약국에서 약을 사 먹고 혼자서 끙끙 앓았다.

그러던 선경은 이렇게 몸과 마음이 피폐하고 병들어서는 안된다는 마음에 먼저 남편과의 힘든 결혼 생활을 정리해야겠다고 생각했다. 그러면서도 정리 못하는 이유는 혼기에 있는 두 아이들이 부모의 이혼으로 얼마나 큰 상처를 받을까 하는 염려 때문에 형식적이고 껍질만 남아있는 남편을 놓아주지도 못하고 선경은 모든 괴로움을 마음 속으로 삭이며 자신만을 학대하면서 지난 5년을 버텨왔다. 그러나 시간이 가면 갈수록 아이들에 대한 생각은 핑계이고 이혼녀라는 꼬리표를 달 수 없다는 그녀의 자존심이 모든 고통을 견디게 했다.

그리고 더욱 큰 이유는 아직도 남편을 사랑하는 선경의 마음이 변치 않았다고 믿고 있었다. 지금은 저렇듯 싸늘하게 돌아선 님편 성욱도 참고 기다리면 자신을 다시 사랑하고 반드시 그녀 곁으로 돌아올 것이라는 환상이 남아 있기 때문이었다.

선경은 '사랑'에 대하여 다시 생각해 보게 되었다. '진정한 사랑이란 과연 무엇일까' 선경이 그녀의 인생에 태풍과 폭풍우를 만났을 때 선홍빛 피가 흐르는 가슴의 상처를 움켜쥐고 그렇게 아파하면서도 몰랐던 사실을 비로소 확실하게 깨달았다.

'내게 조금이라도 성욱을 사랑하는 마음이 남아 있다면 성욱의 사랑을 인정해 주자. 그가 사랑하는 여인과 남은 생을 행복하게 살 수 있도록 놓아주는 것이 성욱에 대한 나의 사랑이 아닐까? 그렇다면 내가 바라고 추구하는 진정한 나의 사랑은 과연 무엇일까?'

이제 남편과 선경을 이어주던 마지막 끈이었던 작은아이 석민마저 보스턴의 대학으로 떠나보냈다. 작은아이가 떠나고 나니 선경은 더 이상 남편을 그녀 곁에 붙잡아 둘 구실이 없어졌다. 힘들어도 참고 기다리고 있으면 남편이 돌아와 전처럼 그녀를 다시 사랑해 줄 거라는 집착으로 성욱을 붙잡으면 붙잡을수록 선경 자신이 점점 더 초라해지고 너무 비참해졌다.

신경은 문득 언젠가 읽었던 일본 작가가 쓴 글이 떠올

랐다.

　'부부는 이성이기는 하나 오랜 시간 같이 살다보면 점차 육친에 가까운 존재로, 늘 곁에 있는 친근한 타인으로, 불편하지 않은 집안의 가구처럼…… 부부 사이는 편안함이 있다.'

　그 책을 읽으면서 선경은 성욱과 자신의 사이도 그 글에 써 있는 부부의 정의와 같은 사이일까? 하고 생각해 보았다.

　그러나 그들은 함께 사는 동안 어느 때인지 정확하게 잘 기억나지 않지만 몸에 안 맞는 옷을 입을 사람들처럼 둘만 있으면 어색하고 할말도 없고 그냥 불편하였다. 어쩌다가 얼굴을 맞대고 이야기를 하다 보면 5분을 넘기지 못하고 얼굴을 붉혔다. 그리고 더 이상 대화를 나누지 못하고 서로 입을 다물고 말았다.

　그런 것에 타성이 붙고 서로 바쁘게 살다 보니 그들 부부의 관계는 그런 것이려니 하고 개선해 보려는 노력도 않고 지금껏 살아왔다.

　그렇다. 그 책에 써 있는 부부 사이에 있어야 할 편안함이 선경과 성욱 사이에는 없었다.

　그래서 성욱도 그런 편안함을 선경이 아닌 다른 여인에

게서 느꼈기 때문에 그 편안함을 찾아 떠난 것이다.

선경은 5년이 넘도록 엄청난 마음의 갈등과 상처를 가슴속에서 삭이다 마침내 만신창이가 된 자신을 발견하였다. 이제는 모든 고통과 갈등에서 벗어나고 싶어졌다. 더 이상 성욱의 발목을 붙잡지 말고 사랑하는 사람 곁으로 보내 줄 때가 온 것. 구차하게 다시는 자신에게 돌아오지 않는 사람을 종교와 관습이라는 굴레에 얽매어 껍데기만 붙들고 기생충 취급을 받으며 살고 싶지가 않았다. 나, 김선경은 온전히 자신에게 돌아가서 마음껏 자유롭고 싶었다.

평생 자신의 천직으로 생각하고 일해오던 직장과 생명같이 여기고 써 오던 글 마저도 회의를 느끼기 시작하였다. 창작 능력에 한계를 느끼면서부터 한 글자도 쓸 수가 없었다. 더구나 최근 발표하는 소설마다 혹독한 비평을 받고 보니 작품을 쓰고 발표하는 것에 심한 두려움마저 느꼈다.

선경이 이 고통의 늪에서 벗어나는 것은 '자신을 버리는 일'이라고 생각했다. 그것은 과감하게 직장을 그만 두고 칠필한 나음 그리고 이혼을 결심하는 일이었다.

그동안 남편 성욱과의 이혼은 완벽주의자인 그녀의 삶에 오점으로 남는 것 같아 자신이 살아 숨쉬는 동안은 절대로 안 된다고 생각했었다. 사회적 체면, 종교적으로 허용이 안 된다는 생각만 했지 서로 상처를 주고 같이 산다는 것이 위선 속에서 항상 죄를 범하는 것이란 사실은 몰랐다.

신앙심이 좋았던 큰아이가 집을 떠나 캘리포니아로 대학을 가더니 갑자기 성당에 가기를 거부하였다. 방학이 되어 집에 왔을 때 사랑하는 큰아이 석훈은 심지어 식사 기도에 성호를 긋는 것 마저도 거부하고 마치 더 이상 카톨릭 신자가 되기를 그만 둔 것처럼 굴었다. 선경은 너무 놀라서 아이를 붙들고 그 이유를 물었다. 아이는 엄마가 충격을 받을까 봐 솔직한 속마음을 털어놓지 않았다.

'솔직히 표현하자면 자기 부모와 같은 위선자가 믿고 의지하는 신은 더 이상 믿기가 싫다' 는 말을 참는 것이었다.

선경은 두 아들을 불러놓고 솔직하고 허심탄회하게 대화를 하자고 자리를 마련했다. 아이들은 전혀 상상도 못했던 충격적인 이야기를 하였다.

"엄마, 저는 서희들 때문에 엄마가 희생하고 참고 사는 것을 원치 않아요. 저는 진심으로 진정한 엄마 자신의 행복을 위해서 보람을 느끼며 사시기를 바랍니다."

선경은 삶의 존재 이유라고 굳게 믿었던 아이들의 말을 들으며 여태껏 자신이 살아온 삶이 아이들에게 위선적인 삶으로 비추어졌다는 사실만으로도 아이들 앞에서 얼굴을 들고 있을 수가 없을 만큼 창피스러웠다.

평생 그녀가 그토록 열심히 살아온 삶은 잘못된 삶을 살아왔고, 지금 이 순간도 자신이 잘못 살고 있다는 것을 확실히 알게 되었다. 아이들의 솔직한 의견 때문에 선경은 용기를 낼 수 있었다.

'그렇다. 내 인생은 남을 위해 사는 것이 아니고 아이들 말처럼 누구에게 보이기 위해 사는 것은 더더욱 아니다. 이혼녀라는 딱지가 남은 인생 동안 꼬리표처럼 붙겠지만 위선과 지옥 같은 지금 생활보다는 서로가 자유로워지는 것이 천 배 만 배 행복할 것이다.'

8월 말, 새 학기가 시작되면서 큰아이 석훈은 샌프란시스코의 대학교로 돌아가고, 작은아이 석민마저 보스톤의 대학교로 떠나보냈다.

선경은 과감하게 그녀의 삶을 하나하나 정리하기 시작하였다. 먼저 20년을 일해 온 삽지사에 사표를 냈다. 사직의 이유는 자존심 때문에 차마 삶이 자신이 없어져서 그만 둔다고 할 수가 없어서 건강상 직장생활을 지속할 수가 없다고 썼다. 사직서를 쓰고 선경은 자신의 과거를 돌아보았다.

5년이라는 긴 연애 끝에 동성동본이라는 이유로 극심한 양쪽 집의 반대를 무릅쓰고 그들은 결혼을 하였다. 양가 부모님 모두 참석하지 않은 쓸쓸한 결혼식에서 성욱과 선경은 서로 붙들고 한없이 울었다.

안동 김씨 문중의 종손이며 3대 독자인 성욱이 그토록 반대하던 선경과 결혼을 하자마자 노기충천한 시부모님을 피해서 시카고에 있는 노스웨스트 대학병원에 인턴 과정을 신청하여 미국으로 이민을 오게 되었다.

그리고 선경도 미국에 오자마자 하루에 16시간씩 일을 하면서 성욱을 뒷바라지하고, 성욱이 전문의 수련을 마친 다음해부터는 자신의 전공인 영문학을 살려 노스웨스트 대학에서 대학원 공부를 하였다. 노스웨스트 대학에서 석사를 마치면서 방학동안 인턴사원으로 일을 해왔던 잡지사에 정식 직원으로 입사를 했었다. 그리고 오늘까지 20여 년을 뒤돌아보지 않고 앞만 향해 열심히 일을 했다.

실력 있는 한 사람의 탁월한 잡지사 기자로서 살아남으

려고 그 긴 세월을 얼마나 부단한 노력을 하며 힘들게 이 자리를 지키며 올라왔던가? 그러나 선경에게는 20여 년의 직장 생활이 그녀의 삶에 있어서 사상누각이었다. 그리고 '그것이 그녀의 삶에 있어 가장 큰 멍에이고 덫이며 올가미였다.' 라는 생각이 사표를 내고 난 후에야 비로소 들었다.

선경은 항상 옆에 끼고 다니던 노트북 가방을 책장 안에 넣고 서재 문을 자물쇠로 잠궜다. 두 번 다시는 노트북을 쓸 일이 없을 것만 같았다 선경은 글을 쓰는 것이 천형과 같이 느껴졌다. 선경은 영혼을 질식시키고 뼈를 깎는 아픔처럼 고통스러웠던 글쓰기 멍에를 훌훌 벗어버렸다. 목숨이 다하는 그 날까지 다시는 글을 쓰지 않겠다고 선경은 자신에게 맹세하고 또 다짐했다.

그리고 선경은 변호사를 찾아가 성욱과의 30년의 결혼 생활에 마침표를 찍는 이혼 서류에 아무런 미련 없이 도장을 찍었다.

5년 전부터 부부의 몸과 마음은 이미 서로의 곁을 떠나고, 단지 법적이고 형식적인 부부로서 종교적인 굴레와 자식들에 대한 책임감 때문에 어쩔 수 없이 같이 살면서 무너이가 비비리고 갈등하던 30년의 힘들었던 결혼생활

로사 순희 바라보다

은 마침내 끝이 났다. 따라서 선경은 남편 성욱이 너무나 사랑하고 잊지 못하는 여인 곁으로 완전하게 떠나보낸 것이었다.

법원에서 돌아온 그 저녁부터 갑자기 무척이나 횡하니 커 보이는 집에서 몸과 영혼이 너무나 아파 두문불출며 오랜만에 선경은 마음 놓고 마냥 아팠다. 선경의 몸에 이상이 생기기 시작한 것이 아마 일년 전이지 싶었다.

어느 날 한밤중에 잠을 자다가 갑자기 가슴이 꽉 죄어오는 듯 답답해지더니 머리끝까지 지끈거리며 눈을 뜰 수가 없을 만큼 아파 왔다. 온몸의 관절이 뻣뻣하게 굳어지는 것 같으며 바늘로 찌르듯이 아팠기 때문에 그때는 그저 심한 독감 몸살이려니 생각하였다.

그러나 그 감기 몸살은 거의 일년 내내 끊임없이 걸려서 그녀를 힘들게 하였다. 가장 힘든 것은 조금만 과로해도 붓는 편도선염이었다. 그 염증과 함께 동반되는 고열과 근육통이 그녀를 몹시 괴롭혔다. 특히 신경을 너무 쓰고 밤잠도 제대로 자질 못하고 입맛이 없어 음식을 잘 먹지를 않아서인지 조금만 움직여도 현기증이 날 만큼 빈혈이 심해졌다. 아이들과 남편에게 불편을 주지 않으려고 마음 놓고 신음소리도 못냈다. 아무리 아파도 아프지도 못하고 식구들 몰래 해열제와 항생제를 먹으면서 혼자서 아파했다. 병원에 갔다가 심각한 상태라고 할까봐 두려워 아파도 병원에도 가지 않았다.

이제 눈치를 볼 식구가 아무도 없고 보니 선경은 아예 자리를 펴고 마음 놓고 끙끙 신음소리까지 내며 오랜만에 아파 보았다.

아이들에게는 엄마 아빠가 끝까지 사이좋게 살지 못하고 헤어져서 너희들에게 너무 미안하다는 말과 함께 이혼 소식을 이메일로 알렸다. 그리고 아이들의 전화 외에는 일체 어떤 전화도 받지 않았다. 머리 속을 새하얀 백지 상태로 비우면서 하나하나 그녀는 삶을 정리하였다.

너무나 힘들었던 지난 5년 세월을 어떻게 말과 글로 표현할 수 있을까?

그 수많은 갈등과 고뇌를 삭이느라 가슴속이 새까맣게 타버려 하얀 재만 남아 있었다. 결국에는 이렇게 아픔이라는 복병에게 자신이 무참하게 깨지고 있지 않은가? 선경은 그녀 자신을 이렇게 피폐하게 만든 모든 요인들을 용서하고, 이해하고, 잊으려고 애써 보았지만 그녀가 신이나 성녀가 아닌 평범한 아낙네인 인간이기 때문에 마음이 비워지지를 않았다.

선경은 삶의 시간을 완전히 정지시키고 무심(無心)이란 화두를 붙잡아 보았다.

가톨릭에서는 묵상기도라고 하나, 아니 명상기도라고 하던가?

불교에서는 참선이라고 하는 것을 하면서 마음을 비우기 위해 몇 날 며칠을 화두에 매달려 보았지만 결국 선경에게는 지독한 외로움과 허무만이 남을 뿐, 얻은 것이 아무 것도 없었다.

성욱이 자신의 짐을 정리하려고 집에 들러 벨을 눌러도 아무런 인기척이 없었다. 열쇠로 문을 열고 집에 들어갔다. 거실에 정신을 잃고 쓰러져 있는 선경을 발견했다. 성욱은 그가 일하고 있는 노스웨스턴 대학 병원으로 선경을 급히 옮겼다.

선경을 먼저 응급실로 데리고 가서 검사한 결과 임파선 암에서 전이된 급성 림프성 백혈병이라는 진단이 나왔다. 다시 성욱이 일하는 암센터의 중환자실로 옮겨갔다. 그곳에서 정신을 차린 선경은 담당의사 닥터 그랜델에게서 앞으로 6개월 정도밖에는 살지 못하는 시한부 인생이라는 사형선고를 받았다.

"미세스 김, 당신의 병을 임파선 암에서 전이된 성인 급성 림프성 백혈병 말기입니다. 이렇게 병이 진행되도록 너무나 힘들고 많이 아팠을 텐데 왜 빨리 병원에 안 오고 이제야 왔어요? 지금 상태로는 어떻게 손을 써 볼 수가 없어요. 하느님의 기적이 없는 한 현대 의학으로는 소생이 어렵습니다. 초기 상태면 골수 이식도 시도해 보겠지만 그것도 이미 시기를 놓쳤어요. 거기다 미세스 김은 신장도 안 좋고 혈당치가 너무 높아서 저항력이 감퇴되고 다른 합병증까지 우려됩니다. 수술 시기를 놓치지 않았어도 몸 상태가 나빠서 수술은 할 수가 없었겠어요. 닥터 김도 잘 아시겠지만 미세스 김의 모든 치료 조건이 최악입니다. 지금 상태로는 치료가 어렵지만 일단 수혈과 항암제를 사용한 화학요법을 써 봅시다. 이 화학요법은 치료약이 혈액의 흐름을 타고 전신을 돌아다니면서 백혈병 세포를 죽이는 것입니다. 그래서 이 치료법을 전신요법이라고 합니다. 수강 내 주입이라고 뇌척수액에 항암제를 투여하는 법도 있습니다. 그러나 이 치료방법은 환자가 너무나 고통이 심하여 미세스 김에게 쓰기에는 무척 힘이 듭니다. 아무튼 하느님께 모든 것을 맡기고 우리가 치료할 수 있는 모든 방법을 다 동원해서 치료해 봅시다. 그런

로사 순희 바라보다

데 닥터 김은 한집에 살면서 자기 부인의 몸이 이 정도로 악화되도록 방치할 수가 있었는지 이해가 안 갑니다."

병원에서는 6개월을 살기가 어렵고 그것도 중환자 무균실에서 최후를 맞이하여야 한다고 했다. 서둘러 암치료를 시작하면서 그녀의 사고나 삶의 모든 것이 아주 까맣고 어두운 암흑 속으로 곤두박질치고 눈에는 아무 것도 보이지 않았다. 항암제와 수혈, 그리고 계속되는 심한 통증으로 견딜 수가 없어 진통제가 투여되었다. 항암제의 부작용으로 혈액 독성과 고열이 나타났다. 구역질과 식욕부진이 오고 설사와 변비가 번갈아 가며 와서 그녀를 더욱 더 괴롭혔다. 수강 내 주입이라고 하는 치료법으로 항암제를 뇌척수 내에 주입했을 때 그 고통은 말로 어떻게 표현할 수 없을 만큼 심했다. 게다가 바늘을 찌른 부위에서 심한 통증을 느끼고 당뇨병 때문에 주사 부위가 잘 아물지를 않았다.

항암제 부작용에 따르는 고통과 암 말기 환자에게 오는 전신 통증과 빈혈이 선경을 완전히 새까맣게 변색시켰다.

소위 남편이 방사선과 암치료 전문의사라고 하면서 자신의 아내가 암 말기가 될 때까지 전혀 모른 채 이제는 도저히 손을 쓸 수도 없을 만큼 상대가 악화되어 속수무책이라는 사실이 성욱에게는 커다란 충격이고 죄책감이 되었다.

쓰러져 병원에 실려 와서 거의 하루 만에 정신이 든 선경의 눈앞에는 제일 먼저 그동안 그녀를 힘들게 하고 괴롭혔던 모든 잘못과 무관심을 용서해달라는 성욱의 초췌한 모습이 들어왔다. 그러나 자기 때문에 선경이 이렇게 죽게 되었다고 용서해 달라는 성욱의 간곡한 자기반성이 그녀의 마음을 더욱 괴롭고 아프게 만들었다.

그런 성욱을 보는 순간 선경은 어디론가 아무도 그녀를 모르는 곳으로 사라져서 그곳에서 남은 삶을 마감하고 싶다는 갈망이 일어나기 시작하였다. 암센터 중환자실에 누워 며칠을 생각하고 또 생각을 하였다. 손에 들고 있는 올리브 나무로 만든 묵주가 진땀과 눈물로 축축이 젖을 정도로 기도를 하면서 마침내 그녀는 결론을 내렸다.

'남은 삶의 시간을 질병과 알코올 냄새가 찌든 병원에서 항암제의 고통과 함께 마칠 수는 없다.'

오전에 담당의사와 성욱이 회진을 할 때, 선경은 더 이상 항암치료도, 입원도 하지 않겠으며 조용히 집에서 남은 삶을 정리하고 싶다고 전했다.

통증이 올 때는 꼼짝 말고 견뎌 내기가 힘드니까 자신이 죽을 때까지 먹을 진통제를 처방해 달라고 부탁을 하였다. 그러나 말도 안 되는 소리를 하지 말라고 일언지하에 거절하는 성욱과 담당의사에게 그녀는 눈물로 간청을 해보았다. 의사가 다녀가고 조금 있으려니까 호스피스 상담 요원이 그녀를 찾아왔다.

막무가내로 치료를 거부하는 그녀를 달래기 위해 담당 의사가 그 요원을 보냈을 거라는 생각이 들었다. 선경은 세상은 참 재미있다고 생각하였다. 자신이 자원봉사하던 호스피스 상담을 본인이 환자 입장이 되어 다른 동료 호스피스 상담요원에게 상담을 받게 된 것이었다.

죽음을 맞이하는 사람들을 도와주고 싶어서 특히 영어를 못하는 한국 교민 환자들을 도와주려고 열심히 교육받았던 호스피스 상담요원 교육이 자신을 위해 쓰이게 될 줄이야 그 누가 알았던가? 죽음을 맞이하는 환자들에게 절대로 삶을 포기하지 말고 소생하기 위해 끝까지 살려는 의지를 잃지 않도록 노력하라고 이야기를 하였지만 막상 자신이 그들과 같은 입장이 되어 생각을 해보니 마음을 비우고 초연하게 죽음을 맞이하던 많은 환자들이 너무나 부럽고, 저절로 고개가 숙여질 만큼 무척이나 그들이 존경스러웠다. 선경은 머리로는 초연하게 죽음을 맞이하고 싶었지만 실제로 그 상황에 이르니 그렇게 되지가 않았다.

며칠을 끈질기게 담당의사와 성욱을 설득하여 천신만고 끝에 침실에 누워서도 아름다운 파란 미시간 호수가 보이는 에반스톤 집으로 퇴원을 하였다.

선경은 가만히 누워 있어도 숨이 탁 탁 막혀오는 시카고를 당장이라도 떠나고 싶었다. 그러나 하루에도 몇 번씩 죽을 것만 같이 심하게 오는 진통 때문에 까무러지면서 이렇게 하지도 또 저렇게 하지도 못하고 하루하루 시간을 보냈다. 일단은 병원에서 강력한 진통제와 항암제를 포함한 치료제 한 달 분의 약을 처방받고 나서 '어디로 떠날까?' 생각을 하였다.

서울로 돌아갈까 생각을 해보지만 어머니도 오빠도 다 돌아가시고 없는 친정은 선경에게 모든 것이 여의치 않아 제외시키고, 따뜻한 후로리다나 하와이, 아니면 캘리포니아로 가볼까? 하고 생각하다가 불현듯 생각이 났다.

'아! 내가 갈 곳은 바로 그곳이다. 아르헨티나의 땅 끝 마을, 우수아야(USHUAIA).'

하얀 만년설, 빙하, 비취색 호수와 더불어 가슴속 깊숙이 감추어 놓은 이 지구상의 낙원이라고 생각하고 있는 그곳. 아물지 않는 상처로 남아 죽어서도 잊지 못할 거라고 생각하는 아픔도 몇 만 년 묻혀 하얗다가 못해 푸른 잉크빛 빙하 속에 던져버리면 홀가분해 질 것만 같던 그곳이 있었다.

'그래, 그곳으로 가자. 우수아야는 내가 죽기 전에 꼭 다시 한번 가보고 싶었던 곳이 아니던가?'

이 여행이 얼마나 걸릴 지 선경 자신도 알 수가 없지만 혹시라도 길어질 경우를 대비하여 모든 집안일을 정리하고 죽을 힘을 다하여 아르헨티나 행 비행기를 타고 탱고와 보랏빛 자카란타 꽃이 만발한 부에노스아이레스에 도착하였다.

10년 전 가족 여행으로 이과수를 거쳐 부에노스아이레스에 왔을 때는 한여름이어서 자카란타 꽃이 지고 잎만 무성했는데 지금은 남반구인 아르헨티나가 봄이어서 온 시가 매혹적인 연보랏빛 자카란타 꽃으로 물들어 있었다.

관광 가이드 사진에서만 본 파타고니아의 빙하와 광대하고 아름다운 초록빛 아르헨티나 호수의 빙산, 온통 산이 빨간색 깔라화테 꽃으로 물든 파타고니아의 깔라화테를 5일 동안 구경하고 선경이 꼭 가고 싶었던 이 지구의 남쪽 땅끝 마을인 우수아야로 왔다.

선경이 집을 떠나올 때 가장 마음을 아프게 하고 걸린 것은 아이들이었다. 선경이 암에 걸려서 이 세상에 살아 있을 날이 얼마 남지 않았다는 것은 물론이고 병으로 쓰러져서 병원에 입원하여 암치료를 받고 있다는 사실도 알리지 않아서 전혀 모르고 있는 아이들을 어떻게 하나? 하는 그것이 제일 큰 문제였다. 적어도 일주일에 한번은 전화와 이메일을 하는 아이들에게 자신이 처한 상황을 비밀로 하고 기약 없는 여행 사실을 어떻게 알려야 하나? 하고 고민을 하였다. 그러나 오래 고민을 하지 않고 곧 해답이 나왔다.

아이들도 선경이 사직과 이혼으로 몸과 마음이 많이 힘들어하고 있다는 것을 잘 알고 있었다. 그래서 얼마간 한국에 나가서 쉬면서 몸과 마음을 추스리고 정리를 한 다음 다시 씩씩하고 건강한 엄마의 모습으로 돌아오겠다고 떠나기 전에 아이들에게 전화와 이메일을 하였다.

"얼마간 서울에서 지내다 오려고 하니까 그동안 아이들과 집 관리와 살림을 부탁해요. 제 걱정은 마시고 하느님께 맡기시길 바람."

마지막으로 성욱에게도 간단한 이메일을 써 보내고 나니 갑자기 우수아야가 아닌 서울이 가고 싶었다. 그녀가 즐겨 다니던 광화문, 종로 그리고 인사동 거리가 너무나 보고 싶어졌다. 정겨운 찻집에서 음악을 들으며 따뜻한 차를 마시고 갤러리에서 그림을 보고 몇 백 년 지난 과거의 시간의 향기가 배어 있는 골동품 가게들과 고서점이 그리웠다.

그러나 생의 마지막 고별여행은 서울이 아닌 아르헨티나로 선택하였다.

장시간 비행기를 탈 수가 없어 집을 떠나 우수아야까지 단번에 못갔다. 버틸 수 있는 한도에서 진통제와 오기로 하루하루를 재충전하면서 부에노스아이레스에서는 흐드러지게 피어있는 보랏빛 자카란타 꽃 속을 거닐어 보았고, 다시 남미의 알프스라고 할 수 있는 바릴로체로 가서 초록빛 호수와 형형색색의 아름다운 들꽃 속에서 지친 몸을 추수렸다.

전에 내가 죽기 전에 다시 한번 아르헨티나에 오면 꼭 보러 오겠다고 마음먹었던 칼라화테에서 몇 만 년을 지켜온 눈이 시릴 만큼 푸른 빙하를 맘껏 보면서 사는 동안 가슴에 맺힌 짙푸른 한과 슬픔, 가슴속 깊숙하게 묻고 살아온 선홍빛 그리움들을 깊고 깊은 잉크 빛 빙하 속으로 털어서 묻어버렸다. 그 빙하가 떨어져 나와 녹아서 남미에서 가장 큰 호수가 된 초록빛 아르헨티나 호수도 보았다. 깔라화테에서 머무는 동안은 광활한 목장의 언덕에 언제나 바람이 무척 세게 불어 '바람의 언덕'이라 불리는 목장 호텔에서 머물면서 매일 아침 신선한 양젖과 초록빛 목장을 빨갛게 수놓은 깔라화테 열매를 말려서 만든 향긋한 차를 마셨다.

선경이 집을 떠난 지 보름 만에 땅끝 마을인 우수아야에 도착하였다. 마을 북쪽에 아직도 산의 3분의 1이 빙하로 덮여 있는 글래시어 산 중턱에 있는 글래시어 호텔에 숙소를 정한 다음 아이들에게만 자신의 거처를 알려주었다.

우수아야에 도착하자마자 빨간색 땅끝 마을 기차를 타고 지구의 최남단 땅끝을 표시한 곳도 가 보았고, 다음날은 대서양과 태평양이 나누어지는 곳도 배를 타고 가 보았다.

더 재미있는 것은 자연사 민속 박물관을 가 보고 원주민인 인디오들이 우리와 같은 몽골리언으로 베링 해협을 건너 북아메리카를 거쳐 남아메리카 남쪽 끝인 이곳까지 왔다는 사실이었다. 이곳이 세상에 알려지면서 평화롭게

로사 순희 바라보다

살던 원주민들이 백인들과 함께 들어온 독감균에 의해 많이 희생되었고 살아남은 소수의 인디오들이 자신들의 순수한 혈통을 지키려고 부단한 노력을 했으나 결국 외세에 동화되어 실패하고, 그 인디오의 마지막 정통 혈육이 얼마 전에 세상을 떠나 이제 우수아야에는 순수한 정통 인디오가 없다고 했다. 박물관에서 필름과 책을 보면서 오랜 세월을 순수한 인디오 혈통을 지키고자 애쓴 그들의 노력이 선경의 가슴을 찡하게 울렸다.

'나도 그들처럼 한국에서 미국으로, 미국에서 남아메리카의 아르헨티나 최남단 마을인 우수아야까지 이곳 원주민과 같은 루트로 왔구나. 그래도 나는 두 아이를 분신으로 남겨 나를 이어갈 수 있겠구나.' 하는 안도감과 함께 이제는 그 아이들과도 함께 할 시간이 얼마 안 남았다는 진한 슬픔이 가슴을 꽉 채우며 목이 메였다.

집을 떠나 이곳에 온 지도 어느새 25일이 넘어간다. 하루에도 몇 번씩 오픈티켓인 비행기표를 꺼내어 집으로 돌아가려고 좌석을 예약하려다 다시 주저앉았다. 고통스럽게 자신의 마지막 가는 모습을 지금은 비록 헤어져 남남이 되었지만 그래도 평생 사랑했던 남편 성욱과 아이들에게 보여주고 싶지가 않기 때문이었다.

호텔 총지배인을 만나 자신의 처지를 말하고 장기 투숙과 함께 병이 악화되면 이곳의 병원으로 옮겨 달라고 요청하고 위급 상황을 대비하여 유언장과 아이들의 연락처도 총지배인에게 남겨 놓았다.

'사랑한다는 말도 못하고 가슴 깊이 감춰둔 채 나 혼자만 그리워하다가 가슴에 쌓인 온갖 한과 슬픔, 그리움 그리고 사랑까지도 빙하 속에 함께 묻어버린 그 사람은 어떻게 지내고 있을까? 나중에 내가 이 세상 사람이 아닌 것을 그에게도 알려야 하나……'

유언장을 쓰면서 모든 세상에 대한 미련과 한을 다 털어버리고 홀가분하게 이곳으로 왔다고 생각했는데 전혀 아니었다.

'이 글이 이 세상에서 내가 마지막으로 쓰는 글이구나.'

생각하니 선경은 주홍글씨처럼 가슴에 꼭꼭 묻고 절대꺼내 보지 않고 살았던 그 사람과 목숨보다도 귀한 아이들이 너무나 보고 싶었다.

날이 갈수록 점점 심해지는 통증으로 볼 때 이제 이 아름다운 곳에서 살 수 있는 날이 얼마 안 남았다는 것을 선경은 느낌으로 알 수 있었다.

어느 인터넷 유머 중에 '50세가 되면 배운 년이나 못 배운 년이나 평준화되어 똑같아 진다'고 했지만 그래도 '나는 아니겠지 하며 어리석게 잘난 척하며 살아온 지난 54년의 삶을' 선경은 반추해 보았다.

'인간 김선경. 실패한 인생이 아니었다. 가족에게 특히 아이들에게 엄마로, 직장 기자로, 작가로 최선을 다하고 열심히 잘 살다 가는 인생이었다.'

선경은 남은 시간도 희망을 가지고 후회 없이 살다 가고 싶었다.

비록 육신은 이 세상을 떠나가더라도 영혼이나마 아무런 구속을 받지 않고 그녀만의 자유를 찾아 훨훨 떠나고 싶은 것이었다.

하얀 해바라기

하얀 해바라기

채연을 태운 세스나 경비행기가 숨가쁜 소리를 내며 짙게 내려앉은 회색 구름 속으로 들어가기 시작한다. 비행기 밑으로 내려다보이는 캑토빅 해안선과 비행장 한곁에 점점 작은 하얀 점으로 보여지는 한 사람. 그 사람이 입고 있는 저 하얀 점퍼가 왜 그다지도 쓸쓸하고 서늘해 보일까? 마치 저 멀리 해변가에 앉아있을 한 마리의 북극 흰곰처럼.

빨갛고 하얀 점이 점 점 작아져 가물거리는 비행장에 서 있는 저 사람, 그리고 어느새 초겨울 찬바람이 불기 시작하는 이 캑토빅에서 지낸 4박 5일 동안의 일들이 주마등처럼 그녀의 망막을 스쳐 지나갔다.

"김채연 씨?"

로사 순희 바라보다

천신만고 끝에 훼어뱅크에서 프론티어 에어라인을 타고 2시간의 운항 끝에 드디어 바닷가에 길게 뻗은 조그만 캑토빅 비행장 활주로에 비행기가 착륙하고 피곤한 몸으로 거의 마지막으로 트랩을 내려서는 채연 앞에 잊혀 가는 모국어가 그녀를 가로막았다.

지구의 가장 북쪽 동토에서 에스키모와 흰곰만 만날 줄 알았던 채연 앞에 뜻밖에도 한국 사람이 나타나 한국어로 인사를 받으니 너무나 놀라서 묻는 말에 대답도 못하고 소리나는 쪽을 쳐다보았다.

"승객 명단에서 김채연 씨 이름을 보고 너무나 반가웠습니다. 이곳에 오는 한국 분은 전혀 없거든요. 고래잡이 축제 때문에 오셨지요? 잘 오셨어요. 저는 이곳의 우체국과 관제소에서 일하는 블르스 리입니다. 한국 이름은 이소룡이 아니고 이범수 입니다."

하얀 이가 살짝 보이게 환하게 웃는 모습이 무척이나 인상적이다.

비행기에서 내려놓은 가방들 속에서 채연은 까만 여행용 가방과 노트북을 찾아들고 나서야 주위를 둘러볼 마음의 여유가 생겼다.

건장한 에스키모 남자와 함께 비행기에서 화물을 내려서 빨간 포드트럭에 싣고 있는 그 사람은 나이가 사십 후반인 것 같고, 얼굴은 언젠가 어디서 만난 듯 싶게 낯익어 보이며, 175cm이상 되어 보이는 큰 키에 자연스럽게 빗어 넘긴 머리에 군데군데 섞여 있는 흰 머리칼이 그의 나이를 말해 주는 것 같다. 하얀 점퍼 속에 받쳐 입은 빨간색과 파란색체크 난방과 짙은 블루진 바지가 무척이나 그에게 잘 어울린다.

　채연이 물끄러미 그가 일을 하고 있는 모습을 보고 있는 사이 비행기에서 같이 내린 사람들이 어느새 한 명 두 명씩 자리를 뜨고 비행장에는 채연을 비롯하여 몇 사람 남아 있지 않았다. 건너보이는 동네로 들어가면 숙박시설이 있을 것 같아 가방을 끌고 사람들이 간 쪽으로 걸어가기 시작했다.

　"잠깐만요!"

　멈춰서는 채연을 향하여 뛰어온다.

　"이곳 지리도 모르면서 무작정 가시면 어떻게 해요? 제가 모셔다 드릴 테니 차안에 들어가 잠깐만 기다리세요."

　채연의 가방을 들어서 트럭에 올려놓고 앞자리의 문을 열어주고 있나. 머뭇거리다가 한참 만에야 차에 오르며 채연은 자신에게 닥쳐올 알 수 없는 예감을 느낄 수 있었다.

캑토빅의 유일한 숙박시설인 '캑토빅 호텔'은 고래잡이 축제 때문에 빈방이 없었다.

"우리 집으로 갑시다. 집은 누추하지만 채연 씨가 머물 공간은 있어요. 어서 타요."

물에 빠지면 지푸라기라도 잡는다고 낯선 곳에서 아니 지구 제일 북쪽 오지에서 곤란한 경우를 당하고 보니 그렇게 말해주는 그 사람이 정말 고마웠다.

동네 어귀에 있는 호텔에서 조그만 교회를 지나고 그 사람이 일한다는 우체국과 경찰서, 보건소를 지나 안쪽으로 들어가니 유치원부터 고등학교까지 함께 있는 초현대식 시설을 갖춘 학교가 보인다. 주위에 있는 집들을 신기한 듯 두리번거리고 있는 사이에 어느새 트럭이 그의 집 앞에 도착했다.

그의 첫 인상이 빈센트 반 고흐의 초상화를 보는 것과 같이 어둡고 쓸쓸하고 어느 한 곳이 비어 있는 듯한 허전함을 느끼게 했는데 하얀색의 집 또한 반 고흐의 '노란 집'을 연상시킨다.

"은퇴하면 Bed & Breakfast 호텔을 하려고 몇 년 전부터 돈과 시간이 있으면 하나씩 하나씩 공사를 하고 있어요. 정신없지요? 이 서재 방에서 머무세요. 오시느라 피곤하실 텐데 좀 쉬세요. 저는 다시 일하러 가야해요. 그럼 나중에 뵈어요."

그가 떠난 후 방에 가방을 들여놓고 책상 옆에 있는 침대에 걸터앉으니 피로가 밀려온다. 시카고 시간으로 새벽 6시에 집에서 나와 지금 이곳 시간이 오후 3시가 되었으니 3시간의 시차를 합치면 거의 12시간을 동동걸음을 치며 다닌 것이다. 이대로 앉아있다가는 그대로 쓰러져 잘 것 같아 거실로 나왔다.

스탠드 바와 같은 긴 식탁과 여러 개의 높은 의자가 거실과 부엌 사이에 놓여 있고, 켜놓은 부엌 전등과 거실 전등이 노란빛을 뿜으며 천장에 매달려 있는 모습이 반 고흐가 남 프랑스 아를르에서 그린 '밤의 카페'를 너무 닮았다. 파리의 생활을 청산하고 아를르로 내려가서 전원생활에 행복을 느끼며 살던 반 고흐와 대도시를 떠나 지구의 북쪽에서 에스키모들과 살고 있는 그가 왜 같은 느낌으로 연상되는지 알 수가 없다. 반 고흐를 지상에 유배된 천사라고들 말하듯이 그는 현대 사회에서 자연으로 유배된 천사일 것 같다.

노란 불빛에서 탈출하여 밖으로 나와 둘러본다. 얼굴에

닿는 차가운 저녁 공기는 도시에서 맛볼 수 없는 비릿한 바다 냄새가 섞인 공해에 전혀 오염되지 않은 순수 그 자체다.

"혼자서 집 지키느라 심심했지요?"

낯선 곳에서 낯선 사람의 친절이 너무나 어색하여 어쩔 줄 모르는 채연의 마음을 알지 못하는 듯, 아니 오래 전부터 잘 알고 지내던 친한 친구를 만난 듯이 퇴근하여 돌아온 그는 아무런 스스럼없이 채연을 대하였다. 하얀색 파카를 문 옆 옷걸이에 걸고 부엌으로 곧장 들어가서 저녁 준비를 한다.

"채연 씨, 튜나 샌드위치 어떠세요? 오시는 줄 알았으면 밥이라도 했을 텐데…… 오늘 저녁은 샌드위치 먹고 내일은 한식을 해줄게요. 요즘 이곳을 방문하는 사람의 95퍼센트가 고래잡이축제 때문에 오는데 채연 씨도 축제가 끝나면 가실 거지요?"

"예, 저도 시카고에서 고래잡이축제를 취재하기 위해 왔어요. 이곳의 축제가 이렇게 큰 행사인 줄 정말 몰랐어요. 그런데 선생님께서는 이곳에서 오래 사셨어요?"

"아니요, 이곳에 온 지 오 년 밖에 안 되었어요. 전에 뉴욕과 앵커리지에서 30년 살았는데 이 근처에 여행을 왔다가 반해서 아예 짐싸가지고 이곳으로 들어왔어요. 웃기지요?"

"그럼 사모님을 비롯한 가족 분들은 모두 앵커리지에 살고 계세요?"

"……."

순식간에 튜나 샌드위치를 만들어 맛깔스럽게 접시에 담고 큰 보오올에는 씨이저 샐러드를 만들어서 스탠드 바 한가운데에 올려놓는다.

"캔 야채 스프가 있는데 먹을래요? 여기는 신선한 야채와 과일 등이 귀해서 주로 캔 음식이나 마른 음식 등을 많이 먹어요."

"괜찮습니다. 이것만으로도 충분합니다. 그런데 남자분이 어쩌면 이렇게 음식을 잘 하실 수가 있으세요. 혹시 전직이 요리사였어요? 별 5개짜리 호텔 식당에서 먹는 샌드위치 같아요. 정말 맛있어요."

저녁을 먹은 후 마을 어귀에 있는 교회에서 열리는 긴 기독교식 전야제를 구경하고 나왔는데 깜깜하게 어두워 있어야 할 밖이 아까 들어 올 때나 다름없이 훤하다.

"이곳은 한밤에도 어두워지질 않아요. 이것이 북극의 어금철 백야입니다. 그래서 이곳의 집들은 창문이 많지가 않아요. 긴 겨울에는 찬바람을 막고 여름에는 빛을 차단해야 되기 때문이지요."

교회에서 집까지 걸어서 오는 동안 밤 공기가 제법 차가운 것이 마치 초겨울의 날씨와 같다.

"추위요? 여기는 9월초부터 겨울이 시작되는 것 같아요. 본격적인 겨울은 9월말부터 시작이지만 9월초부터 추워지기 때문에 그 때부터 겨울 준비를 해야 돼요. 이곳의 겨울 날씨는 채연 씨는 상상도 할 수가 없어요. 이거 안 되겠네. 위에다 이것을 입으세요. 감기들겠어요."

입고 있던 점퍼를 벗어서 채연의 어깨 위에 걸쳐 입혀준다. 입혀주는 점퍼에서 그의 체취와 조지오 아르마니이 오데콜롱 냄새가 섞여 그만의 특유의 냄새를 만들어 코끝에 스친다. 괜찮다는 소리를 할 사이도 없이 점퍼를 벗어 입혀주는 그의 세심함에 채연은 사춘기 소녀처럼 다시금 알 수 없는 설레임으로 가슴이 두근거린다.

세 시간의 시차 때문에 지금 시간이 시카고 시간으로 자정이 훨씬 넘은 시간이지만 낯선 곳 낯선 잠자리 때문인지, 아니면 지금껏 경험해본적 없는 설레임 때문인지 도무지 잠을 이룰 수가 없다. 문틈으로 흘러 들어오는 노란 불빛과 저음의 남자 가수 노래 소리가 잠을 저만치 멀리 쫓아버린다.

문을 살며시 열고 밖으로 나가 본다. TV와 오디오를 켜놓은 채 거실의 까만 가죽 소파에 웅크리고 누워서 잠들어 있는 그를 보았다. 하얀 잠옷을 입고 긴 다리를 웅크리고 누워있는 모습이 한 마리 북극 흰곰을 연상시킨다.

갑자기 반 고흐가 1887년에 아를르에서 그린 '해바라기'가 생각난다. 반 고흐가 파리에서 피사로, 시냑, 쇠라, 고갱 등 인상파 화가들과 만나서 점묘법 묘사에 잠시 심취하고 일본 그림에 영향을 받아 색채가 밝아지기 시작하면서 그린 한 송이의 해바라기가 왜 웅크리고 자는 모습과 겹쳐서 보이는 걸까? 그리고 '자고 있는 모습이 왜 이다지도 안스럽고 슬퍼 보일까?' 하는 알 수 없는 슬픔이 채연의 가슴속에 잔잔히 파도쳐 밀려온다.

TV를 끄고 그녀의 방에서 이불을 가져다 살며시 덮어준다. 언제 깨었는지 이불을 덮어주는 채연의 손을 살며시 잡으며 일어나 앉는다.

"안 잤어요? 내가 깜빡 잠이 들었나 봐요. 그런데 참 이상해요. 왜 생전 처음 보는 채연 씨가 전혀 낯설지기 않고 편안히게만 느껴지나 몰라요. 오래 전부터 잘 알았던 사이인데 오늘에서야 만난 것 같아요. 사실 저 어제 비행기에서 내리는 채연 씨를 보는 순간 심장이 멎는 줄 알았어요. 이 나이에 이런 일은 처음이에요. 당신을 보기만 해도 가슴이 설레는 까닭은 무엇일까요? 여기 앉아서 우리 이야기해요. 참, 와인 한 잔 할래요?"

그가 일어나서 냉장고에서 백포도주를 꺼내 크리스탈 와인 잔에 채워오는 사이에 채연은 오디오에서 흘러나오는 너무나 매혹적인 저음의 크리스마스 캐럴이 마음에 들어 볼륨을 조금씩 올려본다.

"노래가 너무 좋아요. 9월초 늦여름에 듣는 크리스마스 캐럴이 이렇게 멋있을 줄은 정말 몰랐어요. 이 가수 이름 아세요?"

"아론 네이블이에요. 이 테이프는 백악관에서 공연했던 것인데, 좋지요? 사실 오늘이 내 생일이에요. 매년 9월 6일 생일날이면 난 항상 이 곡을 들으면서 혼자서 생일을 자축했는데 이번 50번째 생일은 채연 씨가 축하객으로 오셔서 정말 기뻐요. 이렇게 만나서 반갑고 같이 생일 축하해주어서 고맙고…… 건배!"

채연은 정면에서 그의 얼굴을 찬찬히 쳐다보면서 짙은 눈썹과 잘생긴 오뚝한 코, 쌍꺼풀진 깊은 눈이 누구와 많이 닮았다고 생각이 든다. 그의 강한 눈빛 속으로 그녀는 자신도 모르게 빨려 들어갔다.

9월 초의 생일날 크리스마스 캐럴을 듣는 남자. 그는 채연의 가슴 한켠에 진한 아픔이 되어 남을 것 같다.

'이러면 안 되는데…….' 하면서도 그의 최면에 걸린 사람처럼 그가 내미는 손 위에 따뜻한 작은 손을 얹어 놓는다. 체온과 체온이 맞닿는 순간 또다시 알 수 없는 설레임으로 가슴이 터질 듯이 벅차고 아프다.

그는 채연의 손을 꼭 잡고 일어나 저음의 크리스마스 캐럴에 맞추어 한 걸음씩 한 걸음씩 스텝을 밟아 나간다. 그의 능숙한 춤의 리더로 좁은 거실과 부엌 사이를 오가며 춤을 춘다. 그의 넓은 가슴에 안겨서 들려오는 심장 박동소리, 코끝을 간지럽히는 체취, 모든 것들이 그녀를 그에게로 끌려가게 한다. 마치 막대자석에 끌려가는 못과 같이. 어느새 음악이 끝나서 정막이 흐르고 있지만 두 사람은 누가 먼저랄 것 없이 자연스럽게 포개진 뜨거운 두 입술과 포옹 속에서 그대로 시간이 멈추어지길 바라듯이 서 있다.

이른 아침 바닷가는 부척이나 분주하고 완전히 축제 분

위기다. 새벽에 바다에 나간 사람들을 빼고 남아 있는 나머지 모든 동네 사람들이 모여서 축제와 고래를 맞을 만반의 준비를 하고 있었다.

채연은 복잡한 축제장을 떠나 모래사장을 따라 북극해의 파란 바닷물을 바라보며 아래로 내려간다. 파랗다 못해 검푸른 북극 바닷물에 채연은 손을 담가본다.

"물이 많이 차지요?"

소리와 함께 어느새 그녀의 뒤를 쫓아온 그가 옆에 앉아서 가만히 바닷물 속에 담긴 그녀의 손을 꼭 잡아준다.

"배가 들어오려면 아직 시간이 있으니까 우리, 동네 한 바퀴 돌아볼래요? 자, 어서 일어나요."

채연은 순한 양처럼 그가 이끄는 대로 걸었다. 해안선을 따라가니 난파선 한 척이 모래사장에 정박되어 있다. 세계2차대전 때 버려진 일본 군함이라고 하는데 40도 가량 기울어진 채 모래사장에 버려진 이 배 때문에 지구의 마지막 쓰레기 하치장이 이곳인 것 같아 보인다. 50년이 넘도록 이 버려진 군함이 캑토빅 에스키모와 어린이들, 여행객들과 북극 흰곰들, 물새들의 안식처와 놀이터 역할을 해 온 것 같다. 사람의 손때가 묻어 철판의 페인트가 벗겨지고 반질반질하게 닳아 있다.

모래톱을 따라 쭉 걸어가니 고래들의 풍장 무덤이 있고, 그 옆 바닷가 모래사장 위에는 북극 흰곰들이 무리를 지어서 휴식을 취하고 있다. 인기척이 나도 그들은 도망가거나 움직이지도 않고 그냥 배를 쭉 깔고 그대로 누워 있다. 그는 주머니에서 카메라를 꺼내 흰곰에게 조금 더 가까이 가서 셔터를 누르기 시작한다. 그녀가 묵고 있는 방에도 여러 장의 북극곰 사진이 걸려 있던 것이 생각난다. 북극곰과 어울려져 사진 찍는 것이 그의 생활의 일부분 같이 보일 만큼 여념이 없는 그의 모습이 참 보기가 좋다.

폴 고갱이 그린 '해바라기를 그리는 반 고흐'가 북극 흰곰 사진 찍기에 열중하고 있는 그의 모습 위에 겹쳐진다. 반 고흐에게 노란 해바라기가 있었다면 그에겐 하얀 북극곰이 있다. 파란 하늘과 검푸른 바다와 하얀 모래사장, 그 위에 다시 그려지는 하얀 곰과 그의 움직임이 너무나 멋진 한 폭의 풍경화가 되어 하얀 파도처럼 밀려온다.

그의 모습에서 슬픔과 외로움에 젖은 반 고흐의 모습이 보이고, 그의 하얀 집에서 반 고흐의 아를르의 노란 집이 연상되며, 그가 좋아하는 북극 흰곰을 보면서 반 고흐가 즐겨 그리던 노란 해바라기가 겹쳐진다. 반 고흐가 파리를 떠나 아를르에서 생활하면서 행복을 찾은 것과 같이 그는 현대 물질 문명에서 벗어나 북극의 오지인 이곳 캑토빅에 정착하면서 느끼는 행복이 너무나 비슷하다. 축제가 끝나는 내일이면 떠날 이곳과 흰곰과 어우러져 있는 저 사람이 눈에 밟히어 채연은 도저히 발걸음이 떨어질 것 같지가 않다.

이런 답답해지는 생각 가운데 불현듯 반 고흐의 여인들에 대한 생각이 난다. 반 고흐가 처음으로 사랑을 하고 구혼을 했다가 거절당한 목사의 딸이고 그의 사촌이었던 케이, 1882년 반 고흐가 헤이그에 갔을 때 알게 되어 20개월 동안이나 동거를 했던 창녀 시엥, 창녀 시엥과 헤어지고 드렌터에 가서 만난 열살 연상인 시골 여자 마르코트, 그녀와 열렬한 사랑을 하면서 결혼까지 생각했으나 그녀의 부모들의 극심한 반대로 실패하고 결국 마르코트는 자살을 기도한다. 그밖에도 아를르에서 만난 여인들과 오베르의 의사, 가세의 딸을 비롯하여 여러 여인들이 있었다. 열 살 연상인 마르코트를 생각할 때에는 왠지 모르게 가슴이 쓰리고 연민이 솟는다. 채연이 불가의 사람이었다면 그녀와 그이의 관계가 필시 전생의 인연이 있어서 이렇게 우연이 아닌 필연처럼 만남이 있었던 것이 아닐까 하는 생각이 든다.

'혹시 전생에 그는 반 고흐였고 채연은 마르코트가 아니었을까? 이루지 못한 그들의 사랑이 너무나 슬프고 안타까워서 그들을 이곳에서 다시 한번 만나게 해주고, 그들이 결합되지 못한 큰 이유였던 10살 연상이었던 여자를 10살 연하로 만들어 준 것이 아닐런지?' 하는 쓸데없고 허무맹랑한 생각이 문득 든다. 이렇듯 특별한 생각을 갖게 해주는 저 사람을 만난 이번 여행은 아마도 평생토록 잊지 못할 것 같다.

그녀의 가슴속에 이미 차지하고 있는 그를 죽을 때까지 잊지 못하고 그리워하면서 간직하고 있을 채연의 마음이 목숨을 버릴 만큼 사랑했던 반 고흐와 헤어지던 마르코트의 심정과 같지 않을까 한다. 그들이 만난 눈에 보이는 시간은 2박 3일밖에 되지 않는 짧은 시간이지만 서로가 느껴지는 애틋한 정은 몇 겹의 세월을 같이 지내온 것 같다.

어느새 저만치 떨어져서 사진에 열중하는 구부정한 큰 키의 그의 뒷모습 위에 또다시 한 마리의 하얀 흰곰과 테이블 위에 놓여 있는 노란 해바라기가 합쳐진다. 노란 해바라기 꽃잎이 하얗게 변하여 힘없이 축 처져 보인다. 히인 해바라기로 변하여 엇갈려 보인 것이다.

온통 머릿속이 뒤죽박죽 된 채로 그를 뒤로하고 다시 고래들의 무덤 앞으로 발길을 옮겼다. 앙상한 고래 뼈들이 산을 이루어서 하나의 거대한 조형물이 되어 있다. 그 조형물 주위에는 십여 마리의 물새 떼와 네 마리의 흰곰들이 모여있다. 버려져 있는 저 고래가 고래와 같이 알몸이 되어 뼈만 앙상하게 남아있는 채연 자신인 것 같은 생각이 들고 연민의 정까지 느껴진다.

　"여기서 뭘 그렇게 열심히 보고 있어요? 찾았어요. 조금 있으면 배가 들어올 시간이에요. 어서 갑시다."

　정신 없이 고래 뼈를 바라보고 있는 채연을 등뒤에서 그가 꼬옥 껴안는다. 서로 말은 없어도 온몸으로 느껴지는 전율, 이제 이것이 그들의 영원한 이별일 거라는 것을 예감하고 있다. 그리고 채연은 알고 있다. 그는 이곳에서 흰 눈과 저 흰곰들과 함께 채연을 향한 하얀 해바라기가 되어 한없이 한없이 그녀를 기다리고 있을 거라는 것을.

스물 한 번째 생일

스물 한 번째 생일

유난히 하늘이 파랗다. 거실 앞 정원의 보랏빛 라일락 꽃향기가 온통 집을 진동시키고 있다. 오늘은 스물 한 번째 생일, 정확하게 말하면 1998년 5월 19일 화요일이다.

집안에 걸려있는 달력에 빨간색 매직 펜으로 동그라미를 2개씩 그려 놓은 특별한 날이다. 좀 더 자세하게 설명하자면 작은아들 제환이가 드디어 스물 한 살 — 성년이 되는 날이다. 절대로 잊지 말라고 달력마다 동그라미를 두 개씩 그려 놓고 한 달 전부터 카운트다운을 한 D-DAY이다. 머리맡에 놓인 라디오 시계가 6시 30분, 일어날 시간을 알리는 신호로 채널 105-1 FM 방송이 흘러나오기 시작한다.

희선은 자리에서 일어나자마자 서재로 가서 책상 위에 놓인 컴퓨터를 켜 본다. 혹시 밤새 들어온 이메일이 없나 확인을 하였다.

로사 순희 바라보다

받은 편지 난에는 2개의 새 편지가 와 있다고 알린다.

첫 번째 편지는 서울 출판사의 김 사장님이 너무 소식이 없다고 연락을 바란다면서 쓰고 있는 원고는 잘 진행되고 있는지 궁금하다는 내용이다.

다른 하나는 작은아들 제환이가 보낸 편지다.

'엄마! 나, 제환이. 내일이 무슨 날인지 알고 계시지요? 엄마, 저는 지금 무척 가슴이 설레입니다. 내일, 아니지 지금 시각이 새벽 한 시니까 오늘부터는 술집에 가도 더이상 친구한테 운전면허증을 빌려 가지고 들어가지 않고 당당하게 제 것을 보이면 되는 날입니다. 내일 제가 운전면허증을 갱신하면 16살에 받은 미성년자 운전자라고 적힌 운전면허증은 구멍이 뚫려서 폐기되고 엄마 것과 똑같은 색깔의 진짜 운전면허증을 받는다고 생각하니 지금부터 무척 가슴이 설레고 흥분이 되는 군요. 저도 이제 법적으로나 모든 면에서 한 사람의 완전한 성인이 되었다는 가슴 뿌듯한 자신감이 생기면서도 한편으로는 어깨가 무거워집니다. 전에 말씀드렸듯이 오늘 저녁에는 친구들이 술집에서 생일 파티를 해준다고 하네요. 미국의 성년은 친구들이 사주는 21잔의 술과 함께 시작하면서 또 다른 깜짝 놀랄 재미있는 비밀스런 일들이 있다고 하는데, 그것이 무엇일까? 하고 지금부터 저녁의 일이 무척 기대가 되고 기다려 집니다.

엄마!

저를 낳아 주시고 21년 동안 잘 키워 주셔서 정말 감사합니다. 작은 아들, 제환이는 세상에서 엄마를 가장 사랑해요. 하늘만큼 땅만큼!!!'

희선은 컴퓨터 화면에 나타나는 아들의 정성어린 편지를 프린트하며 다시 한번 책상 앞에 걸려있는 달력에 그려져 있는 동그라미를 바라본다.

전혀 예상치도 못했던 뜻밖의 감격스런 제환이의 편지를 받고 보니 너무 가슴이 벅차서 눈에 눈물이 가득 고인다.

미국에서 7살까지 자라고 한국에 돌아갔다가 다시 초등학교 5학년인 11살에 이민을 와서 교육을 받은 관계로 영어가 한국어보다 더 자연스럽게 모국어가 되어 버린 아이지만 세월이 가면서 점점 잊혀 가는 우리말과 한글을 잊지 않으려고 노력하고 있는 모습이 너무나 기특하고 대견스럽다.

집안에서나, 밖에서 한국 사람들을 만나면 전혀 영어를 사용하지 않고 꼭 우리나라 말을 쓰는 아이들이다.

군데군데 맞춤법과 문장이 틀린 것이 보이지만 이 정도면 너무나 잘 쓴 편지라고 생각하면서 프린트된 편지를 읽고 또 읽어본다.

'아마 이 미국 땅에서 아이들에게 한글로 된 이런 편지를 주고받고 사는 행복한 사람은 나밖에는 없을 거야.'

어깨가 으쓱해지는 자만감이 느껴진다.

희선도 얼른 아들에게 생일 축하 편지를 보내야겠다고 생각한다. 그런데 아들의 이메일 주소가 생각이 나질 않는다.

"제환이의 이메일 주소가 뭐였더라…… DAMIAN@…… 그 다음이 뭔지 생각이 안 나네. 아무리 외우려고해도 외워지지 않으니 이제는 정말로 늙었나 보다. 아! 여기 적어 놓았네. 'DAMIAN@UMICH.EDU'이구나……."

희선은 이메일에 접속하여 아들에게 답장과 생일 축하 편지를 쓴다.

'사랑하는 나의 아들, 제환아!

스물 한 번째 생일을 축하한다. 중국 신선도에 그려져 있는 동자의 모습과 꼭 닮은 조그만 소년으로만 생각하던 네가 어느새 대견스럽게도 스물 한 살 의젓한 청년이 되었구나. 이제는 자기 자신을 100% 책임질 수 있는 성인이 되는 거야. 오늘과 같이 즐거운 날, 엄마는 기쁨과 아울러 왠지 알 수 없는 불안한 걱정도 생기는구나. 우선 저녁에 있을 너의 생일 파티부터가 걱정이다. 정말 네가 21잔의 술을 마실 수 있으며, 또 마실 건지…… 남자의 오기 때문에 정 마셔야한다면 제일 작은 잔으로 요령껏 마셔야 한다. 술을 너무 많이 마시면 목숨까지 잃는 거, 너도 알고 있지? 절대로 미련하게 오기 부리지 말고. 엄마가 너를 아직도 어린아이로 착각하고 또 쓸데없는 잔소릴 시작하는구나. 앞으로는 너를 어른으로 대접하여 이런 잔소리는 절대로 안 할 것을 약속할께. 그러나 아무리 생각해 봐도 생일에 술을 21잔을 먹어야 하는 것은 정말로 받아들이면 안 되는 못된, 아니 아주 나쁜 미국 젊은이들의 풍습 같구나. 네가 집에 있었으면 엄마가 미역국도 끓여주고 떡도 해주고 또 저녁에는 네가 좋아하는 회냉면도 만들어 줄 텐데……

지난 주말 네가 집에 왔을 때 미리 저녁도 먹고 생일 케이크도 잘랐지만 정작 오늘 진짜 생일날, 상을 못 차려 주어서 조금은 서운해지는구나.

로사 순희 바라보다

오늘 너의 스물 한 번째 생일, 다시 한번 축하한다.

이번 생일이 영원토록 네 삶 속에 기억될 수 있는 즐거운 하루가 되길 엄마는 바란다.

— 제환이를 너무나 사랑하는 엄마가.'

희선은 작은아들에게 편지를 보내 놓고서 다시 조바심이 난다.

'큰애가 제 동생에게 카드라도 보냈을까? 이번 주에 오케스트라 오디션도 있고 학기말 시험도 있어서 너무 바쁘다고 했는데…… 설마 잊어버리지는 않았겠지? 그래도 혹시 모르니까 전화를 해서 재확인을 시켜야겠다.'

수첩에 적힌 큰아이, 제영의 전화번호를 찾다가 멈췄다.

'참, 지금 캘리포니아는 새벽 4시이니까 전화를 걸면 안 되겠네……. 이메일로 보내야겠구나.'

큰아들 제영의 이메일 주소 'AMATI@SFMC.COM'를 찾아 다시 컴퓨터를 켜고 인터넷을 접속시켜 편지를 쓴다.

'제영아!

오늘이 제환이 생일인 것을 잊지 않았겠지? 혹시 잊었으면 이 이메일을 점검하는 대로 제환이에게 전화를 하든지 이메일을 보내든지 하거라. 우리 모두 항상 어리다고만 생각하고 있던 제환이가 어른이 되는 날이 아니니? 멀리 떨어져 있는 형의 축하를 받으면 너무나 좋아할 것 같구나. 어제 학기말 시험은 잘 보았는지? 오케스트라 오디션 준비도 잘되어가고 있는지 궁금하구나. 모든 일을 알아서 최선을 다해 잘 하리라 믿는다. 너무 밤늦게까지 공부하고 무리하게 연습하여 건강을 해치는 일이 없도록 항상 조심하길 바란다.

P.S: 끼니, 거르지 말고 꼭 챙겨 먹길 바람.

— 1998년 5월 19일 너를 사랑하는 엄마가.

큰아들에게 이메일을 보내놓고 나니 어느새 출근 준비를 할 시간이 다 되었다. 출근 준비를 하기 전에 메모장을 꺼내 오늘 해야 할 일을 적어 놓은 메모난에 적힌 사항을 하나하나 점검하며 지워 나갔다. 몇 년 전만 해도 메모장은 본인과는 무관한 물건이라고 생각하고 살았는데 요즈음은 이 메모장이 생활필수품이 되었다.

메모징을 점검하고 난 후 수화기를 들이 조금 전에 이메일을 보낸 것을 확인시키기 위해 작은아이에게 전화를

로사 순희 바라보다

했다.

자다가 깨서 전화를 받는 아이에게 희선은 조금 전까지 이제는 아들을 어른 대접해 주고 절대로 잔소리를 안 하기로 마음을 먹었던 것을 금방 잊어버리고 그저 걱정이 앞선다.

"엄마, 저도 이제 어린아이가 아니에요. 제가 알아서 할 테니까 너무 걱정하지 마시고, 저를 믿고 그냥 지켜만 봐 주세요. 예?"

희선은 아들이 지극히 당연한 말을 하고 있다는 것을 알면서도 왠지 몸의 어느 한쪽이 떨어져 나가는 듯 하며 서운한 마음이 드는 까닭은 무엇일까?

더 이상 아무 말도 못하고 전화를 끊으면서 몹시 섭섭하고 허전하다.

희선은 '자식도 품안에 자식'이란 말을 상기하며 출근 준비는 까마득히 잊고 다시 컴퓨터를 켜서 인터넷의 한국일보 전자 신문 'WWW.KOR-EATIMES.CO.KR'로 들어가 오늘 아침 전자신문을 살펴본다. 여전히 신문 내용은 IMF로 시작하여 IMF로 끝난다.

아울러 대기업 구조조정, 정리해고, 구제금융, 도산한 중소기업의 숫자가 얼마고 하는 우울하고 쓸쓸한 소식과 앞으로 있을 6·4 선거에 대한 기사가 주를 이루며 또 오늘도 어두운 한국의 소식만을 전해 준다.

어서 빨리 경제가 안정이 되어야 할 텐데…….

희선은 출근하기 전 아침 일과는 6시 30분에 눈을 뜨면 샤워를 하고 부엌에서 커피 한 잔을 만들어 가지고 서재로 가서 책상 위에 놓인 컴퓨터를 켜 인터넷을 연결하여 먼저 이메일을 확인하고 한국 신문 난으로 들어가 한국의 소식을 알려주는 전자신문을 살펴본다.

3년 전만 해도 전혀 상상 할 수 없었던 현대 문명의 이기를 사용한 그녀의 아침 일과인 것이다.

50의 문턱에 다가와 아이들에게 새롭게 컴퓨터를 배워서 이렇게 생일날에 생일 축하 편지를 E-MAIL로 보내고 인터넷을 이용하여 고국의 신문도 보고 TV 뉴스도 보고, 또 생활정보를 신속하게 알아 그것을 유용하게 이용하고 있다.

한 예를 들면 큰아들 제영이가 연주회나 학교 행사 관계로 여러 곳을 자주 여행하기 때문에 싼 비행기표를 살 수 있는가 늘 살펴보고 미리미리 정보를 얻어서 비행기표를 구입하곤 한나.

이렇듯 빠듯한 미국 살림을 지혜롭고 실용적으로 절약

하면서 살 수 있는 방법을 컴퓨터를 배워서 활용하면서부터 터득하게 된 것이다.

요즈음 신문이나 잡지에 종종 등장하는 인터넷 중독증도 생각할 수 있지만 아직은 그 정도로 빠지지는 않았다고 자신하며 인터넷에서 얻을 수 있는 이득만을 이용하고 있다고 희선은 생각한다.

'이런 위험하고 어려운 컴퓨터를 왜 시작하게 되었나?'

가끔 생각해보지만, 글쎄…… 그 해답은 갱년기에 들어가면서 아이들과 대화의 단절, 사고방식의 세대 차이…… 등을 자주 느낄 때마다 자신이 왜소해 지는 것 같고 혼자만 외톨이가 되어 도태되는 것 같은 생각도 들었다.

'부모 자식간 이런 의견 차이의 원인이 무엇일까?'

곰곰히 생각한 결과 얻은 답은 아이들의 문화는 처음부터 끝까지 컴퓨터의 문화이고, 희선 자신의 세대 문화는 주먹구구식 문화이기 때문에 그 문화의 차이는 어쩔 수 없는 것이다. 그러니 두 세대간의 사고방식의 차이는 당연하였다.

결과는 대화의 단절 밖에 없는 것이라는 느낌이 들기 시작하면서 '이래서는 안 되겠다'고 마음을 고쳐먹었다.

미국에서 십여 년이 넘게 살았어도 완전한 컴맹인 자신

이 부끄럽다는 마음이 컴퓨터를 배우게 했다.

컴퓨터를 배워서 아이들의 세계도 이해하고 자신도 석기시대 원시인에서 벗어나자는 생각이었다.

희선은 용기를 내어 당장 그 마음을 실행으로 옮겼다.

아이들이 느리고 구형이라서 도저히 못쓰겠다고 신형으로 바꾸면서 버린 486컴퓨터를 창고에서 꺼내 서재에 옮겨 놓고 컴퓨터 기초 교재를 구입하여 컴퓨터 용어부터 시작하여 윈도우, 도스, 자판타자법, 등을 식구들 모르게 독학으로 익혀 나갔다.

올해부터 마이크로소프트사가 생산을 중단하기로 결정했다는 윈도우 및 MS-DOS 등을 익히고 또한 한글 소프트웨어, 한글 2.0을 깔아서 한글로 글도 써 나갔다.

마침내 컴맹에서 벗어나던 날, 고물 486 컴퓨터를 컴퓨터 가게에 들고 가서 거저 주다시피 하고 중고 팬티엄과 바꾸었다.

중고 팬티엄에 여러 가지 소프트웨어를 보강시켜 가지고 와서 처음으로 인터넷을 설치하고 또 전자 우편인 E-MAIL을 할 수 있게 하여 제일 먼저 남편의 전자 우편함에 영문으로 이메일을 보냈다.

다음에는 샌프란시스코에 있는 큰아들 제영에게, 마지

막으로 기숙사에 나가서 살고 있는 작은아들 제환이의 전자 우편함에 편지를 남겨놓아서 온 식구를 깜짝 놀라게 하였다.

아이들에게 '이 세상에서 가장 멋있는 우리 엄마'라는 아부성 발언을 들었을 때 그것이 결코 싫지가 않았고 기분이 좋았다.

이렇게 시작한 컴퓨터가 이제는 희선의 가정에서나 사업상으로나 중요한 몫을 차지하게 되었다. 또한 한국이나 미국의 친구나 사업상 관계되는 사람들에게 주소를 줄 때면 꼭 전자우편 주소를 같이 주고 있다.

컴퓨터를 이용하여 서로 소식을 주고받으며 사업상 필요한 정보를 신속하게 교환할 수가 있어서 집보다 사업상으로 컴퓨터를 이용하는 일이 많아졌다.

'앞으로 조금 여유가 생기면 스캐너를 설치하여 사진이나 그림을 전송할 수 있으면 오늘 같은 날 유용하게 쓸 수 있을 텐데……'

생각하면서 컴퓨터를 끄고 아래층으로 내려왔다.

오늘이 작은아들 생일날인 특별한 날이지만 생일을 맞는 본인도 집에 없고 네 식구가 직장과 학교 관계로 모두 흩어져 살고 있다.

희선 혼자서 먹어야 하는 아침이기에 미역국도 안 끓이고 특별한 반찬도 떡도 마련하지 않은 채 다른 날과 다름없이 커피 한 잔과 우유에 시리얼을 말아서 한술 뜨고 있는데 전화벨이 울린다.

"여보세요? 어머, 엄마가 웬일이세요? 집에 별고 없으시고 식구들 모두 다 평안하지요? 요즈음 엄마 건강은 어떠세요?"

"아범이랑 아이들, 모두 잘 있고 너도 몸 안 아프고 건강하지? 그리고 오늘이 양력으로 제환이 생일인데 잊지 않고 아침에 미역국은 끓여주고 국수도 해 먹였냐?"

서울에 계신 친정어머니가 12명이나 되는 친손, 외손을 통털어서 그중 유난히 챙기고 예뻐하는 제환이의 생일을 기억하시고 국제전화를 하신 것이다.

어머니 방식대로 생일을 차려주었는지 확인을 하시고 그렇게 하지 못했다고 대답하는 희선에게 역정을 내신다.

"아이들이 다 큰 거 같지만 아직은 어리니까 엄마의 성의를 좀 보여주거라. 부모가 자식을 귀히 여겨서 정성껏 키워야 ㄱ 자식이 귀히 되는 것을 모르니? 할머니한테 전화가 왔었다고 전하고, 어제 제환이 생일선물로 좋아하는 오징어와 쥐포, 그리고 춘추용 긴 팔 스웨터를 하나 부쳤으니 집에 오면 주거라. 국제전화라서 요금 많이 나오니까 이만 끊자. 잘 있거라."

연세가 80이 넘으셨어도 정정하시고, 정신이 맑으셔서 젊은 희선이 기억하지 못하고 있던 일도 전화를 하셔서 꼭 챙겨 주시는 친정어머니가 눈물겹다.

'나도 어머니 나이가 될 때까지 살면서 우리 어머니처럼 자식들, 손자 손녀들, 온 가족의 대소사를 다 기억하고 잘 할 수 있을까?'

희선은 전화를 받느라 먹다가 만 아침 식사를 마저 먹으면서, '제환이의 스물 한 번째 생일은 이렇게 보내는데, 내가 스물 한 살생일 때는 무엇을 했었나?' 거실 창밖으로 보이는 보랏빛 라일락을 바라보며 기억을 더듬는다.

노련하지 못한 사회 2년 차로서 맞이했던 그녀의 스물 한 번째 생일. 그날 처음으로 한 남자로부터 희한한 생일 선물과 더불어 프로포즈를 받았다.

대학 때부터 열심히 쫓아다니면서 귀찮게 하던 남자가 그해부터는 더욱 적극적인 태도를 보이며 다가왔다.

어떻게 그녀의 생일을 알았는지 그날 저녁 퇴근길을 지키고 있다가 만나서 같이 명동을 가게 되었다.

그의 손에는 큰 쇼핑백이 들려 있었고 다방에 앉자마자

멋적은 듯이 쇼핑백을 그녀의 손에 건네주며, "희선아! 너의 생일을 축하한다. 선물이 네 마음에 들지 모르겠다. 풀어봐라. 그리고 네게 궁금한 것이 있는데 물어보아도 될까? 내 질문과 너의 답을 합친 것이 그 선물이다. 지금 껏 희선이 네가 한번도 스커트를 입은 것을 본 적이 없는 데 혹시 다리에 문제가 있는 거니? 만일 다리에 전혀 문제가 없다면 앞으로 나를 위하여 여자답게 스커트를 입었으면 하고 365개의 스타킹을 사봤다. 앞으로 너의 생일 선물은 매년 이것으로 할까 생각하는데 네 생각은 어떤지?" 하고 말하였다. 그 말 속에는 희선이 자신의 여자가 되기를 바라는 내용이 함축되어 있었다.

너무 기가 막혀 하면서 열어 본 쇼핑백 안에는 정말로 스타킹이 한 색상이 6다스씩, 모두 다섯 가지 색상으로 총 30다스인 360개와 각 색상별로 한 개씩 5개가 따로 넣어져 있었다.

'도대체 이 남자가 나를 무엇으로 생각하고 이런 선물을 했을까? 아니, 그럼 여지껏 나를 다리병신이나 다리에 큰 흉터가 있어서 스커트를 못 입는 것으로 생각했단 말인가? 거의 만 3년을 그와 만나면서 징말로 내가 스커트를 한번도 안 입었었나? 그럼 그의 눈에는 여지껏 내가

조신치 못한 남자 같은 여자로 보였단 말인가?'

한편으로는 약이 오르기도 하고 다른 한편으로는 참한 여자답지 않게 선머슴아처럼 하고 다닌 것이 부끄럽고, 생각할수록 창피하여서 고개를 들 수가 없었다.

선물과 함께 넣어 있는 생일카드, 스물 한 송이의 노란 장미꽃이 그려져 있는 카드를 펴는 순간 희선의 가슴에 전율이 찡하게 전하여 오며 그 사람의 자상함과 해학스러움을 느낄 수가 있었다.

'희선아, 생일을 축하한다. 그리고 너를 사랑한다. 영원한 나의 여자가 되어 줄 수 없겠니?

사랑하는 희선에게서 잃어버린 갈빗뼈 하나를 돌려받길 원하는 성호가.'

이렇게 프로포즈하며 다가온 그는 매년 2년 후 오늘이 결혼하기 전까지- 희선의 생일이면 그녀가 좋아하는 생일의 숫자만큼의 노란 장미와 함께 365개의 스타킹을 선물했었다. 처음으로 프로포즈를 받은 것을 기억하니 26년이 지난 오늘에도 그 옛날에 느꼈던 전율이 다시금 가슴에 잔잔한 파도처럼 밀려온다.

그렇다. 희선에게도 스물 한 번째 생일은 잊을 수 없는 생일이며 희선이 평생 진로의 첫걸음을 내딛던 날이기도 하다.

그날부터 그 남자의 여자가 되어 주기로 마음먹고, 그 남자가 내미는 손을 살며시 붙잡고 오늘까지 놓지 않고 그녀의 삶을 송두리째 그에게 맡긴 채 그를 믿고 의지하며 26년째 따라오고 있는 것이다.

"따르릉…… 따르릉……."

울리는 전화 벨소리가 옛날의 회상에 잠겨 있는 희선을 다시 현실로 돌아오게 한다.

'이른 아침 시간에 누굴까?' 생각하면서 수화기를 든다.

'여보세요? 아, 제영이구나. 이 시간에 잠 안자고 무슨 일이냐? 뭐라고 지금 자려고 한다고? 그곳은 지금 4시 반인데 지금껏 잠 안 자고 뭘 하는거야? 엄마가 늘 말하는 것을 잊었니? 인생은 마라톤 시합과 같은 거라고……. 엄마가 또 쓸데없는 잔소리를 시작하려고 하는구나. 그만하지. 엄마의 이메일을 받았다고? 제환이의 생일은 잊지 않고 있다고? 언제 내가 너와 제환이를 차별해서 생일을 차려 주니? 네 생일은 8월이니까 네가 항상 여름 음악 캠프를 다니니 집에 없어서 차려 줄 수가 없었지. 결코 너와 제환이를 차별한 것이 아니다. 뭐! 농담이었다고? 아무튼 네가 거의 10년이 넘도록 엄마가 차려주는 생일상을 못 받아서 무척 서운했나 보구나? 그래도 네 스물 한 살 생일 때는 아빠 엄마가 매인 주의 여름 음악캠프까지 가서 생일 축하해 주고 온 것, 생각 안 나니? 그래……. 네가 생일상을 못 받은 것은 내 탓이 아니고 네 탓이라는 것을 인정하지? 그래, 공부하기도 힘든데 이렇게 전화까지 주고, 엄마는 네게 많이 고맙다. 제환이에게는 이메일을 보냈다고? 그래, 정말 잘했다. 피곤할 텐데 전화통화, 이제 그만 하고 어서 자거라. 잘 있어라, 엄마도 사랑해!"

큰아들 제영이에게서 온 전화통화를 끝내면서 왠지 가슴 한편이 서늘해진다. 지난 크리스마스 휴가 때 로스엔젤레스에서 네 식구가 오래간만에 만나서 같이 며칠을 보냈다.

1월 1일 설날에는 패사디나에 가서 두 아이들이 졸업하고, 또 다니고 있는 미시간 대학교가 출전한 미국 대학 축구의 총결산인 로즈 보올를 관전하였다. 우리가 응원한 미시간 대학교가 우승을 하였는데 우리는 우승의 기쁨에 들떠서 나이도, 피부색도, 성별도 잊은 채 같이 노래를 부르고 환희의 구호를 외치며 밤이 깊어 가는 것도 잊고, 모두들 돌아갈 줄 몰랐던 것이 생각난다. 그 다음날 아침, 로스앤젤레스에서 샌프란시스코까지 5시간 운전하여 제영이를 집에 데려다주었다. 장을 보아서 비어 있는 냉장고를 채워 준 다음 미시간 집으로 돌아오면서 얼마나 가슴을 아파했던가. 빠듯한 경제사정으로 늘 주머니가 비어 있는 아들을 생각하면 언제나 가슴이 저려온다. 대학원까지 다니면서 부모님께 부담을 드릴 수 없다며 희선의 보조를 괜찮다며 마다했다. 학비며 생활비를 자신이 해결하면서 하루 24시간이 부족할 만큼 시간을 쪼개어 가면서 열심히 공부하고 일하며 살고 있는 것을 보면 가슴이 뿌듯한 만큼 무척 대견스럽기도 하다. 그러나 한편으로는 마음이 쓰리고 안됐다. 이제는 희선의 품을 떠나 너무 냉정하게 홀로 서는 아들한테 서운한 마음까지 들었다.

시외 전화비를 아끼느라 집에 자주 전화를 못하는 아들이 동생 생일을 잊지 않고 집에 전화도 하고 어느새 이메일까지 보낸 것이 무척 고맙고 대견스럽다.

'ㅁ ㅈ음우 밥이나 제대로 먹고 사는지 안 물어 보았네. 보고 온 지가 엊그제 같은데 벌써 5달 반이 넘었구나. 너무 보고 싶다. 이번 6월 중순에 매인 주의 음악 캠프에 갈

때 디트로이트 공항에서 비행기를 갈아타면서 두 시간 정도 시간이 있다고 하던데 그때 꼭 공항에 나가서 잠깐 제영이 얼굴이라도 보아야겠다.'

갑자기 아들이 보고 싶은 희선은 거실로 나가 벽에 걸려있는 가족사진을 바라보았다.

2년 전 아니 정확하게 말해서 21개월 전인 1996년 8월 19일, 매인 주의 블루 힐에 있는 크나이 홀 챔버 음악 캠프장에서 함께 보낸 큰아들 제영의 스물 한 번째 생일이 생각난다.

여름휴가를 몇 달째 못 본 아들도 만나고 또 객지에서 맞는 성년이되는 특별한 생일을 같이 보내고 싶었다. 디트로이트에서 캐나다 윈저의 터널 국경을 지나서 동부 캐나다인 토론토, 오타와, 몬트리올, 퀘백을 거쳐 다시 국경을 지나서 미국으로 와서 매인 주의 뱅골에 도착하였다. 그리고 제영이가 보고 싶어 단숨에 여름 음악 캠프가 열리고 있는 미국에서 제일 먼저 해가 뜬다는 아카디아 국립공원으로 갔다.

바다와 산과 그리고 자연을 훼손하지 않고 최대한으로 개발하고 보존하는 인간의 노력이 삼위일체가 되어 너무나 아름다운 국립공원을 이루고 있었다.

우리나라의 제주도와 동해안을 합쳐 놓은 것을 연상케 하는 그곳에서 하루를 머물면서 대서양의 일출을 보고 싶었으나 날씨도 흐리고 한시라도 아들의 얼굴이 보고 싶어서 몇 시간 국립공원 일주만 하고 20분 정도 거리에 있는 블루 힐의 크나이 홀 음악 캠프로 갔다.

몇 달 만에 부모의 얼굴을 보아도 꽉 짜인 하루 일정과 단체생활인 관계로 따로 개별적으로 나와서 이야기를 할 수도 없고 더구나 같이 외식을 하려고 마음먹을 수도 없었다.

창문 밖에서 유리창 안으로 보이는 아들과 눈으로 왔다고 사인을 보내고 창 밖에서 한 시간 동안 그 클래스가 끝나길 기다리며 그 수업이 끝나면 아들과 같이 점심을 먹을 수가 있을 거라고 생각했다.

그러나 1시간의 점심시간마저도 그룹들과 같이 토의를 하면서 식사를 하게 계획이 되어 있어서 겨우 식당으로 가는 10분 동안 아들을 만나서 안부를 묻고 저녁시간은 꼭 시간을 내서 생일 파티를 하자고 했다. 몇 천 마일을 온 힘들여 저를 보러 온 부모가 반갑기도 하지만 무척이나 부담스러워하는 것을 느끼며 서운한 마음을 금치 못했다.

저녁식사 시간이 시작되는 5시에 다시 오기로 하고 아

로사 순희 바라보다

쉬워하면서 희선은 캠프장을 떠나야만 했다. 그러나 희선은 이런 우여곡절 끝에 만난 아들과 마음 놓고 그의 스물한 번째 생일을 즐길 수가 없었다.

그 이유는 동서양의 서로 다른 관습 때문에서 비롯되었고, 그런 다른 풍습을 전혀 몰랐던 희선에게는 아들의 태도가 서운하고 좀처럼 이해를 할 수가 없었다. 그때 처음으로 미국은 완전한 성년이 21세이고 그 생일에는 친구들이 21잔의 술을 사주고 마셔야만 비로소 성인이 된다는 것이 젊은이들 사이에 풍습처럼 이어오고 있다는 것을 알았지만 그래도 몇 달 만에 그것도 몇 천 마일을 달려온 부모와 단 한 시간 동안의 짧은 저녁식사밖에는 할애 할 수 없는 아들이 서운하다 못해 괘씸하기까지 했다.

그러나 이렇게 부모에 대한 우선순위가 바뀐 것이 서운하다고 해서 오륙십 년대에 성장한 우리세대 방식으로 부모를 공경하라고 21세기에 미국에서 자라고 있는 아들에게 강요할 수는 없었다.

또 하라고 해도 하지도 않을 것을 알면서도 그것을 쉽게 이해하고 받아드릴 수가 없어 서운한 마음을 곁으로 표현도 못하고 눈물을 머금고 속으로만 삭일 수밖에 없었다.

"엄마! 이제 저, 캠프로 들어가 봐야 해요. 저녁에 친구들이 생일 파티를 해 준다고 하거든요. 엄마 아빠가 이렇게 와 주신 것, 정말로 감사합니다. 이번 생일은 아마도 평생 잊지 못할 생일이 될 것 같군요. 그런데 엄마, 부탁이 있는데요. 다음부터는 제 생일선물로 옷은 절대로 사지마세요. 이제는 제 옷은 제가 직접 골라 입게 해 주세요. 엄마, 제가 이런 말을 해서 화나신 거 아니지요? 내일 아침 8시 반 전에 캠프로 오시면 잠깐 뵐 수 있어요. 그럼 내일 아침에 뵐게요."

일어서는 아이에게 생일 선물과 카드를 들려주는 희선은 풀어서 열어보지도 않고 다시는 옷을 사지 말라는 그 한마디가 무척 서운했다.

'이제는 저 아이가 정말로 내 품안의 자식이 아니구나.' 하는 사실을 절감하엿다. 그 옷을 사기 위해 백화점에서 몇 날 며칠을 고민하였던 것이 우습기도 하고 허망하기까지 했다.

'특별한 날에 받은 선물은 죽을 때까지 잊지 못하고 평생 간직하게 된단다.'

80평생 동안 자식들을 최선을 다하여 키우고 생일이나 특별한 때마다 잊지 않고 선물을 하시면서 늘 말씀하시던 친정어머니의 말씀이 귓가에 퍼진다.

어머니 자신의 스물 한 살(만 스무 살) 생일 때 아들이 귀한 3대 독자 집에 열다섯 살에 시집와서 6년 만에 첫 아들을 낳고 누워있는데 대쪽같이 곧고 호랑이처럼 엄하고 무서워서 얼굴도 제대로 쳐다볼 수도 없던 시아버지께서 직접 방에 오셔서 생일 선물로 주셨던 옥색 숙고사 옷감 한 벌과 시어머니께서 직접 들고 들어오신 잘 차려진 생일상을 평생 잊지 못하고 육십 이 년이 지난 지금까지 잊지 않고 이야기를 하신다. 가끔 옛날을 회상하시면서 자개장롱 속에 고이 간직한 빛바랜 옥색 숙고사 한복을 꺼내 보시곤 하신다.

그러한 어머니를 보면서 자란 희선은 첫 아이인 제영이가 성인이 되는 생일날, 그녀도 아들이 평생 기억할 수 있는 선물을 하고 싶어 몇 날 며칠을 고심했던 것이 허망하기까지 하다.

용돈과 함께 넣은 생일카드 속에는 스물 한 송이의 노란 장미를 그려넣고 카드 속에는 예쁜 삽화와 함께 손수 시를 지어 적어놓았다.

'저 녀석이 상자를 풀어서 그 안에 있는 선물과 생일카드를 보고도 저런 서운한 말을 하고 싶을까? 마치 내가 우렁쉥이 엄마가 된 거 같이 너무 허망한 기분이 든다. 예전에 내가 결혼하여 집을 떠났을 때, 우리 어머니도 지금 나와 똑 같은 심정이셨을까?'

집으로 돌아와 그날 서운했던 마음을 어머니께 전화로 말씀드리며, "제가 자라면서 오늘까지 얼마나 많이 저도 모르게 어머니를 서운하게 해 드렸어요? 저도 자식이 커서 성인이 되고 보니 이제야 어머니의 심정을 조금이나마 이해하고 제가 얼마나 못된 딸이었는지 알 것 같아요. 앞으로는 어머니께 서운하게 하지 않고 효도하는 좋은 딸이 될게요."

그때 어머니께서 웃으시며 서운해 하는 희선에게 해주신 말씀이 문득 생각난다.

"그런 것을 가지고 서운해 하지 마라. 그것은 당연한 인간 삶의 법칙이다. 그리고 부모와 자식간의 사랑은 내리사랑이고, 그 사랑은 조건도 대가도 없으며, 자식을 위한 엄마의 사랑은 자기 목숨까지 내놓을 수 있을 만큼 무조건의 사랑이 아니더냐? 그래서 모정은 위대하다는 말이 생겨 난거지……."

또다시 작은아이의 스물 한 번째 생일을 맞으며, 다시

로사 순희 바라보다

말해 또 한 명의 성인을 길러내어 오늘부터는 미련 없이 완전히 내 품에서 떠나보낸다고 생각하니 또 한번의 미련의 탯줄을 끊는 무지막지한 산고를 다시금 느낀다. 희선은 어머니의 말씀대로 이것은 당연한 삶의 법칙이고, 그 자식에 대한 사랑은 무조건이라는 것을 다시금 느낄 수 있다.

이제 또다시 빈 껍질만 남은 또 하나의 우렁쉥이 엄마가 되어 정처없이 인생의 강을 흘러 갈 것이다.

중편소설

고별여행

1

오늘도 윤우는 여느 다른 날과 마찬가지로 호텔 투숙객들의 아침 식사를 식당에 차려 놓고 후론트로 돌아와 원주민 종업원인 로리에게서 투숙객들의 현황을 보고받았다.

3일 전 훼어뱅크에서 온 투숙객 3명이 오늘 아침에 떠날 예정이고, 장기 투숙객 5명을 비롯하여 어제 데드홀스 호텔에서 이메일로 예약한 손님 2명이 오후에 체크인 할 예정이라고 보고했다.

요즈음 이곳 캑토빅은 아직도 겨울이기 때문에 관광을 목적으로 찾아오는 여행객은 거의 없다.

천문기상대 업무로 외지에서 와서 일하고 있는 상기투숙객과 이곳에 살고 있는 주민의 친지 방문객이나 학교나 관공서, 지구 환경 등 업무관계로 오는 투숙객이 호텔 객실 3분의 1을 겨우 채우는 한산한 비수기이다.

이 캑토빅 호텔의 주인이며 매니저 겸 식당 주방장인 윤우는 식당에 투숙객들의 아침을 차려놓고 그날의 현황을 살펴 본 다음 고래무덤이 있는 바닷가로 산책을 한다.

산책 후에는 호텔로 돌아와 식당과 비품창고를 점검하고 주문서에 주문할 물품목록을 적어서 훼어뱅크의 도매상에 팩스를 하고 지불해야 할 공과금 및 보내야 할 우편물을 정리하여 우체국으로 보낸다.

그렇게 호텔 구석구석을 돌아보고 나면 앉아서 쉴 틈도 없이 어느새 훼어뱅크에서 오는 프론티어 에어라인 도착할 시간이 가까워진다.

이곳 항공 관제사이기도 한 그는 비행기가 비행장에 무사히 착륙하고 이 캑토빅 비행장을 안전하게 이륙할 수 있을 때까지 도와주는 것이 관제사인 그의 몫이다. 비행기에 실려오는 주문품과 우편물을 기다렸다가 차에 실어오고, 외지에서 예약하고 오는 호텔 투숙객을 비행장에서 호텔까지 데려 오는 것도 그의 일과 중에 하나다.

일주일에 한번씩 작성하는 식당 식단표에 의해서 그날

의 점심 메뉴를 정하면 식당으로 들어가서 식당 종업원들과 함께 호텔 투숙객들과 일반 식당 손님들을 위해 점심 식사를 준비한다.

점심식사 후 잠시 내실에 들어가서 휴식을 취하고 비행장으로 나가면 데드 홀스에서 오는 S&B 에어라인이 들어온다.

비행장에 다녀오면 저녁 투숙객들을 위해 객실들을 점검하고 샤워 룸과 화장실의 청결 상황을 점검한다.

식당의 저녁식사를 마치고 나면 호텔과 식당의 하루 매상을 계산하여 장부 정리를 마치고 나면 윤우의 호텔 하루 일과는 끝이 난다.

내실로 돌아와 아내가 이곳에 있었을 때 한 것처럼 혼자서 저녁예배를 보고 하루를 반성한다. 윤우의 일이 아무리 늦게 끝나도 아내는 그가 내실로 돌아오기를 기다렸다가 하루를 마감하는 저녁예배를 보았다.

처음 저녁예배가 아내의 강요로 시작했을 때는 그토록 부담스럽고 싫어 견뎌내기가 힘들었지만 이제는 이렇게 그의 일과가 되어 하루를 예배와 기도로 마무리된다.

호텔을 시작하고 오늘까지, 그러니까 지난 4년 간 윤우는 지독한 악천후를 제외하고는 그의 일과표대로 하루도 빠짐없이 거의 같은 시각에 바닷가 고래무덤까지 이어진 길을 산책하였다.

지구상 인간이 사는 땅 중에서 북극에 가장 가까운 이곳은 3월 중순이 지나 춘분이 가까운데 문 밖에는 하얀 눈이 쌓여 있고 바다에는 두꺼운 얼음으로 덮여 있다.

계속되는 영하의 날씨로 아직 봄과는 거리가 멀다.

오늘은 변덕스런 북극의 겨울 아침 답지 않게 안개도 끼지 않고 하늘은 구름 한 점 없이 유난히도 파랗고 맑았다.

윤우는 마을 어귀를 지나 바닷가 고래무덤으로 이어지는 길로 들어서서 걸어가면서 곧 다가 올 북극의 봄을 생각한다.

봄이 되면 저 바닷가 샛강에 얼음이 녹고 아름다운 트럼펫 백조가 샛강으로 돌아올 때면 바닷가 둔덕에 이름 모를 아름다운 들꽃들이 서로 다투어 꽃망울을 터트릴 것이다.

고래무덤이 가까워 올수록 오늘따라 유난히 이곳을 좋아했던 채린이가 무척이나 보고 싶다. 지금 그녀는 무엇을 하고 있을까?

항상 바지 주머니 속에 넣고 다니는 돌들을 꺼내서 손바닥 위에 놓고 본다.

윤우의 가슴 깊숙이 간직하고 살아온 마음의 나무인 김채린, 그녀의 얼굴이 손바닥 위의 붉은 돌들 위로 아련히 겹쳐진다.

그녀는 지금 시카고 집으로 돌아가서 가족들과 함께 잘 지내고 있겠지…….

채린을 7년 전 가을 고래잡이축제에서 처음 만났다. 비행기에서 내리는 그녀를 보는 순간 전생에 인연이 있었던가 할 만큼 낯이 익었다. 그녀가 머물다 간 4박 5일의 흔적이 마치 40여 년을 함께 산 것과 같이 가슴속에 깊이 생생하고 굳게 뿌리내려 있었다. 그 후 살아서 다시는 못 볼 줄 알았던 채린이 5년이 지난 어느 늦가을 날, 홀연히 이곳을 찾아와서 다시 볼 수가 있었다. 그러나 다시 만남을 기뻐할 사이 없이 그들은 하루라는 짧은 시간의 만남 후에 또 기약 없이 헤어졌다. 지난해 초겨울, 데드홀스에서 꿈에 그리던 채린을 만났으나 재회를 아쉬워 할 사이도 없이 또다시 헤어져야만 했다.

앵커리지 성 바오로 정신병원에 입원한 아내를 면회하고 돌아오다가 데드홀스에서 삼일 간 안개와 눈보라에 갇혀 있다가 마지막 날 우연히 데드홀스 호텔에 머물고 있는 채린을 꿈처럼 아니 기적처럼 다시 만날 수 있었다.

윤우가 함께 캑토빅으로 같이 가자고 그토록 애원을 해도 채린은 머리를 가로 저었다. 그는 채린의 완강한 고집을 못 꺾고, 더 이상 캑토빅 호텔을 비울 수가 없어 일단 혼자 집으로 돌아 왔다.

캑토빅으로 혼자 돌아온 윤우는 아무리 생각해 보아도 도저히 그곳에 그녀를 그대로 놔 둘 수가 없었다. 그래서 며칠 후 윤우가 다시 데드홀스 호텔로 채린을 찾으러 되돌아갔을 때는 이미 채린은 아무에게도 행선지를 알리지 않고 데드홀스, 그곳을 떠나고 없었다.

그때 또다시 그녀와 헤어지게 된 것을 안 윤우는 온몸의 기운이 다 빠져나가는 무력감과 허탈감을 느꼈었다.

그렇게 채린과 헤어지고 어느새 4개월을 넘기고 있었다.

그리고 어느덧 한해가 지나 새해가 되었고, 그 어둡고 긴 겨울이 다 가고 이제 저만치 봄의 문턱이 보인다.

상념에 잠긴 채 산책하는 사이에 윤우는 어느새 고래무덤 앞에 도착했다.

여느 때나 마찬가지로 고래무덤 앞 눈밭에는 북극 흰곰들이 짝을 지어서 뒹굴기도 하고 차가운 흰 눈 위에 배를 깔고 엎드려 휴식을 취하고 있었다.

저만치 새파란 하늘과 맞닿아 있는 하얀 얼음으로 덮여 있는 북극해를 바라보며 앵커리지 병원에 두고 온 아내와 시카고 집에 있을 채린을 위하여 항상 그들에게 하느님의 은총이 함께 하길 간절히 기도하였다.

'오늘따라 왜 이다지도 채린이 그리울까?'

2년 전, 아니 정확하게 말하면 일년 반 전에 채린과 이 자리에서 같이 시간을 보냈었다. 핏기 없는 창백한 얼굴로 하염없이 저 고래무덤을 바라보며 눈물짓던 채린의 모습이 눈에 선하다.

시골집 울타리 가에 서 있는 노란 해바라기와 같이 소박하고 환하게 미소를 지으면서 슬픔에 잠긴 윤우을 위로해 주던 채린의 모습이 언제나 저 고래들의 풍장 무덤과 함께 영원토록 그의 가슴속에 남아 있었다.

윤우는 한참이나 넋을 잃은 사람처럼 멍하니 바다를 바라보다가 저 멀리 비행장 쪽에 이륙하려는 비행기가 시야에 나타나자 깜짝 놀라며 오던 길을 되짚어서 호텔 쪽으로 재빠르게 걸음을 재촉하여 돌아왔다.

로사 순희 바라보다

"로리, 이 시간에 웬 비행기가 오는 거지? 어떻게 된 일인지 비행기에서 연락이 왔었나? 어디서 오는 비행기인가?"

"해리스! 한가지 씩 천천히 물어보세요. 아까 해리스가 나가고 얼마 안 되어서 데드홀스의 S&B 에어라인에서 연락이 왔어요. 오늘 우리 호텔에 예약한 손님들이 한 시간 후에 특별기편으로 이곳에 도착한다고. 오늘은 해리스가 산책에서 다른 날보다 늦어져서 앤디에게 손님들을 모셔오라고 조금 전에 앤디를 비행장으로 내보냈어요. 이제 곧 손님들이 도착을 할 거에요."

"그래, 잘 했어요. 손님들 방은 깨끗하게 치워놓았는가? 참 그리고 예약 투숙객들 명단은 알았어? 아! 비행사에서 보내온 팩스가 있겠구나."

윤우는 사무실로 들어가 에어라인에서 보내온 탑승객 명단을 팩스머신에서 꺼냈다.

"아니, 스티브 김, 그리고 제임스 김이라고…… 한국 사람들이잖아? 오랜만에 한국 손님들을 만나게 되다니 너무 반갑다."

윤우는 이곳 캑토빅을 유일하게 방문했던 한국 손님이었던 채린이 또다시 생각나고 몹시 그리워진다.

'그녀가 이곳에 처음 왔던 것이 엊그제 같은데 벌써 7

년이나 되었구나.'

잠깐 채린을 생각하고 그리워하는 사이에 데드홀스에서 투숙객들이 도착을 하였는지 호텔 후론트 쪽이 웅성거렸다.

윤우는 들고 있던 승객 명단 서류를 책상 위에 대충 올려놓고 급히 사무실 밖으로 나가 보았다.

후론트에는 어디서 본 듯하게 무척 낯익어 보이는 십대 후반이거나 이십대 초반인 듯한 젊은 동양인 남자 한 사람이 체크인을 하고 숙박계를 쓰고 있었다.

"스티브 김, 제임스 김씨, 맞나요? 저는 이곳을 운영하는 해리스 정 입니다. 만나서 정말 반갑습니다. 다른 한 분은 아직 안 들어오셨나요? 팩스에는 두 분이 오신다고 했는데……. 아무튼 이 먼 곳까지 오시느라 많이 힘들었지요?"

윤우는 이 젊은이가 한국말을 못 할 것만 같아서 유창한 영어로 그들을 반겼다. 그러나 놀랍게도 그 젊은이는 완벽한 한국어로 윤우의 질문에 환하게 미소를 지으며 한국식으로 고개를 숙여서 인사를 한다.

"안녕하세요? 만나 뵈어서 정말 반갑습니다. 정윤우 선생님이시지요? 혹시 시카고에 사는 김채린이란 여기자

로사 순희 바라보다

분을 기억하시는지요? 몇 년 전 고래잡이축제 때 취재 차 이곳에 다녀간 적이 있었는데……. 생각이 나시는지요? 제가 바로 김채린 씨의 큰아들인 김상훈 스티브 입니다. 제 동생인 지훈이는 데드홀스에서 갑자기 사정이 생겨서 같이 이곳에 못 왔습니다. 저희가 이곳을 방문하여 많이 놀라셨지요? 저희들이 왜 이곳을 오게 되었는지는 차차 말씀드리기로 하겠습니다. 그런데 정 선생님, 정말 죄송한데요. 제가 오느라 몹시 피곤해서 먼저 쉬었으면 합니다. 괜찮겠지요? 그런 다음 잠시 후에 정식으로 다시 찾아뵙겠습니다. 죄송합니다."

윤우는 상상도 못한 뜻밖의 손님으로 인해 너무 놀라 말도 못하고 어안이 벙벙하고 정신이 하나도 없다. 그리고 상훈이 뭐라고 말을 하였는지 잘 들리지가 않는다.

상훈이 방 열쇠를 로리에게 받아서 방으로 가려고 하자 윤우는 얼른 정신을 가다듬고 로리에게 이른다.

"로리, 이 분은 특별한 손님들이니까 VIP룸의 열쇠를 주도록 해요. 그리고 앤디는 이 손님을 VIP룸으로 안내해 드리고 편히 쉬시도록 보살펴드리고 와라."

윤우는 먼 곳에서 자신을 찾아온 젊은 손님을 다시 한 번 찬찬히 쳐다보았다. 누가 보아도 '반듯하게 잘 자란

젊은이구나.' 하고 느낄 만큼 젊은이의 인상은 반듯하고
호감이 갔다.

상훈의 인상이 채린을 다시 보는 것과 같이 무척 엄마
를 많이 닮았다. 그래서 아까 처음 보았을 때 어디서 본
것 같이 낯이 익었나 보다.

'갑자기 저 젊은이가 왜 이곳을 찾아왔을까? 혹시 채린
이에게 무슨 일이 생긴 것이 아닐까? 아니, 그럴 리가 없
을 거야…… 그런데 내 마음이 왜 이다지도 불안하고 안
정이 안될까? 그리고 자꾸만 쓸데없이 불길한 생각만 드
는 걸까?'

윤우는 너무나 지쳐 보이는 상훈의 쓸쓸한 뒷모습을 물
끄러미 바라보며 가슴을 조렸다.

'아마도 이런 놀라운 일이 일어나려고 오늘따라 유난히
도 채린이 그리웠나 보다.'

상훈이 방으로 들어간 다음 윤우는 불안한 마음을 진정
시키며 비행장으로 나갔다. 훼어뱅크에서 오는 프론티어
에어라인의 비행기가 이륙하려고 고도를 낮추고 병목처
럼 생긴 바닷가 활주로를 향해 다가 왔다.

오늘 아침 훼어뱅크 도매상에 주문한 물품과 우편물을
비행기 화물에서 찾아 호텔에 실어다 놓았다.

식당에서 점심식사를 준비하는 동안 윤우는 마음이 불안하여 일이 손에 잡히지 않아 우왕좌왕 하며 두서없이 일을 하였다.

윤우는 상훈을 점심 식탁에서 만날 기대를 했지만 그는 점심식사하러 식당에 오지를 않았다. 윤우는 마음을 조리며 상훈을 기다리느라 음식이 목으로 넘어가질 않았다.

앤디에게 점심식사를 상훈의 방으로 갖다 주라고 이르고 윤우는 내실로 돌아왔다. 바지 주머니 속에서 붉은 돌을 꺼내어 보며 이곳에 채린이 처음 왔을 때의 만남을 다시금 생각해 보았다.

노란 해바라기처럼 소박하고 환한 미소를 가졌던 채린의 얼굴이 윤우의 눈 앞 가득 나타났다. 그러나 그 환영은 지난해 초겨울 데드홀스에서 극적으로 만났을 때 환한 미소는 사라지고 너무도 파리하리만큼 창백하였던 채린의 얼굴이 겹쳐지면서 윤우의 가슴은 쓰라릴 뿐이었다.

2

상훈이 호텔에 도착한 지 하루가 지났다. 그는 깊은 잠에 빠져서 꿈속을 헤매는지 방에서 나오지 않았다. 무슨 일일까? 상훈을 지켜보는 윤우는 간이 쪼그라드는 것 같이 안타까웠다.

그래도 천만 다행스러운 것은 그가 윤우를 만나서 편안함을 느꼈기 때문에 저렇게 잠을 잘 수 있다는 사실이었다.

윤우는 자기가 아침 산책을 나간 사이 상훈이 일어나 찾을 것만 같았다. 아침 산책을 거른 윤우는 가슴이 답답해졌다.

아침 안개가 짙게 낀 뜰로 나온 현우는 숨을 깊이 들이켜 심호흡을 했다. 하얀 새털 같은 안개와 차가운 북극의 아침 공기가 얼굴에 부딪치며 폐 속 깊이 스며들었다. 조금은 답답하던 가슴이 뚫리는 듯싶었다.

"여기 계셨군요. 저 때문에 걱정 많이 하셨지요? 죄송합니다."

윤우는 등 뒤에서 들려오는 한국말에 깜짝 놀라 뒤를 돌아보았다. 그곳에는 채린의 큰아들 상훈이 서 있었다.

"아, 이제 일어났군요? 편안하게 잘 쉬었나 모르겠어요."

"그럼요. 이곳이 저희 집처럼 편안하여 며칠동안 못 잔

잠을 모처럼 편안하게 푹 잘 잤습니다. 방으로 보내주신 아침도 맛있게 잘 먹었구요. 고맙습니다."

"음식이 입에 맞았다니 다행이네요. 여기는 공기가 차가우니 안으로 들어갑시다. 우리 들어가서 뜨거운 차나 한잔하지요?"

"예, 그러세요."

윤우는 상훈과 호텔 안으로 들어와 로비에 앉아 차를 마실까 하다가 마음을 바꿔 그를 내실로 안내하였다.

이것이 무슨 우연일까?

채린이 앉았던 그 소파 그 자리에 그녀를 꼭 닮은 그녀의 아들이 앉아 있다. 윤우는 멍하니 그를 쳐다보다가 고개를 돌렸다.

"내실이 참 아담하네요. 그리고 소파가 무척 안락하고 편하네요."

무거워진 분위기를 의식한 상훈이 멋적어하며 분위기를 바꾸려 하였다.

'그래, 너의 엄마도 거기 앉을 때마다 편하다고 했어……'

윤우는 상훈에게 눈웃음을 주며 물었다.

"무슨 차로 할까요? 커피도 있고 홍차도 있고 중국 차도 있는데……."

"저는 진한 커피로 주세요. 아직도 잠이 덜 깼는지 머리가 멍해요. 저희가 갑자기 이곳에 오게 된 것은……."

"우리, 우선 따끈한 차부터 마시고 이야기는 천천히 하기로 해요."

윤우는 그의 말을 듣는다는 것이 왠지 두려웠다.

떨리는 손으로 냉동실에 있는 블루 마운틴 원두커피를 꺼내 그라인더에 갈아서 커피포트에 담고 물을 붓고 스위치를 켰다.

그리고 자신의 몫으로 주전자에 물을 담아 불 위에 올려놓았다. 조금은 궁금해졌다.

'도대체 내게 할 이야기가 무얼까?'

상훈 앞에 블루 마운틴 블랙 커피가 놓이고 윤우 앞에는 채린과 전에 함께 마셨던 립튼 홍차가 놓였다.

"이 홍차는 어머니가 즐겨 마셨는데…… 저의 어머니께서는 언제나 더운물을 한 컵 더 준비하여 두 잔으로 만들어 마셨어요."

윤우는 그가 말을 하면서 눈가에 눈물이 핑 도는 것을 보았다. 순간 '채린에게 무슨 일이…….' 하고 가슴이 철

렁 내려앉았다.

"정 선생님, 죄송하지만 데드홀스 호텔에 전화 한 통만 썼으면 합니다. 제 동생이 그곳에서 저를 기다리고 있거든요. 이곳에 오려고 데드홀스까지는 같이 왔는데 지훈이는 여기에 오는 것이 영 마음에 내키지가 않나 봅니다. 같이 가자고 설득을 해 보았지만 결국 저 혼자만 왔습니다. 여기 도착하자마자 정 선생님을 찾았다고 전화를 한다는 것이 제가 너무 피로하여 깜빡 했어요. 많이 궁금해 할 텐데……."

"그래요? 전화기가 여기 있으니 이쪽으로 와서 어서 전화하세요."

"예, 그럼 실례하겠습니다."

윤우는 지갑 속에서 데드홀스 호텔의 전화 번호를 적은 쪽지를 꺼내어 다이얼을 누르는 상훈을 물끄러미 바라보았다.

"지훈아, 지금이라도 네가 여기에 오면 좋겠다. 그리고 정 선생님께는 아직 엄마 얘기를 못 드렸다. 아직도 마음이 내키지 않는 거니? 그렇게 고집부리지 말고 너도 거기 있지 말고 여기로 와라, 응? 지훈아. 너는 엄마가 계실 곳이 어떤 곳인지 하나도 궁금하지도 않니? 오후 1시에 이곳에 오는 비행기가 있으니까 서둘러 준비해서 왔으면 좋겠다. 꼭 오는 거지? 형이 비행장에 나가 기다린다. 이따 보자."

지금이라도 여기에 오라고 상훈은 간곡히 다시 한번 지훈을 설득하고 멍하니 찻잔을 내려다보는 윤우에게 수화기를 건넸다.

"전화, 잘 썼습니다. 감사합니다. 커피가 아주 맛있네요. 케냐 산 블루 마운틴 커피인 거 같아요."

"맞아요. 케냐 산 블루마운틴 커피에요. 커피가 맛이 있다니 기쁘네요. 동생이 여기 오는 것을 꺼리는 까닭이 뭔가요?"

"예, 저희가 이 알래스카에 온 것은……. 어머니께서 무척 이곳 캑토빅에 오시고 싶어 하셔서 소원을 풀어 드리려고 제가 어머니를 모시고 왔어요."

감정에 약해진 상훈이 더 이상 말을 잇지 못하고 손으로 입을 가리고 소리를 죽이며 오열을 하였다. 억지로 힘들게 참고 있던 울음인지 폭발하듯 터뜨리며 소리내어 울었다.

윤우는 혼이 나간 것과 같이 아찔해지며 멍해졌다. 순간 손에 들고 있던 홍차 잔이 떨어지면서 뜨거운 차가 카펫트와 발등에 쏟아졌다.

'설마 채린이 죽은 것은 아니겠지…… 아니다. 그럴 리가 없어.'

번뜩 뇌리를 스치고 지나가는 불길한 생각을 완강히 부인하면서 윤우는 울고 있는 상훈을 붙들고 물었다.

"울지 말고 차분히 이야기 해봐요. 도무지 무슨 말을 하고 있는지 이해가 안가는군요. 어머니와 같이 여기 왔다니…… 지금 어머니가 어디에 계시다는 겁니까? 여기는 어머니랑 같이 안 왔잖아요? 그럼 어머니는 동생과 함께 데드홀스에 계시는 거에요? 어머니한테 이곳까지 오는 동안 무슨 일이 있었어요? 왜 진작 그곳에서 전화를 하던지, 오자마자 이야기를 하지 않고. 이게 도대체 어떻게 된 일인지 답답하니까 빨리 자세히 말 좀 해 봐요!"

울고 있던 상훈은 눈물을 닦으며 자리에서 일어섰다.

"정 선생님께서 저와 함께 어머니께로 가시지요."

윤우가 그토록 아닐 거라고 부인했던 불길한 생각이 사실인 것이 확인되면서 넋 나간 사람처럼 정신이 하나도 없고, 갑자기 온몸의 기운이 발밑으로 빠져나가 도저히 일어서서 걸을 수가 없다. 억지로 정신을 가다듬어 상훈을 뒤따라가며 몇 번이나 다리가 휘청거려서 앞으로 꼬꾸

라져 넘어질 뻔하였다.

내실에서 상훈이 묵고 있는 방까지 50m도 안 되는 거리가 지금 윤우에게는 영원히 끝이 없는 길처럼 여겨졌다.

윤우는 팔 다리가 떨려서 도저히 방문을 열고 들어 갈수가 없다. 상훈이 방문을 열어주었다.

방문에서 마주 보이는 테이블 위에 검은 리본이 둘러진 채린의 사진이 윤우의 눈에 들어왔다. 숨이 막히면서 앞이 아득했다.

'아, 채린아…… 네가 이 세상에서 살아 숨쉬고 있지 않는 것이…….'

윤우의 눈에서 하염없이 흐르는 눈물이 노란 해바라기처럼 환하게 웃고 있는 채린의 모습을 부옇게 흐려 놓았다.

윤우는 테이블 위에 놓인 유골함과 사진을 가슴에 부여안았다.

채린의 아들이 자신을 지켜보고 있다는 사실도 잊은 채 윤우는 눈물을 흘렸다.

항상 그의 가슴속 한기운데 밝고 따뜻한 미소를 머금고 굳게 뿌리를 내리고 있는 마음의 나무인 채린이 한 줌의 재가 되어서 그의 곁에 돌아왔다는 사실이 믿어지지가 않는다.

'이렇게 환하게 웃고 있는 채린이 너를 이제는 이 세상 어디에서도 볼 수가 없다니…… 그럴 리가 없어, 아니다. 이건 사실이 아닌 꿈일 거야. 너는 이렇게 내 가슴속에 숨 쉬고 있는데…… 영원히 살아있을 거야.'

3

상훈은 윤우가 감정이 진정되기를 기다렸다가 차분하게 이야기를 시작했다.

"어머니는 재작년 가을에 갑자기 쓰러지셨는데 그때 병원에서 임파선암 말기로 3개월 밖에는 더 사실 수가 없다고 판정을 받으셨나 봐요. 그 사실을 아시고 갑자기 퇴원을 하시어 아무에게도 행선지를 밝히지 않고 잠적을 하셨는데 그때 곧바로 이곳 알래스카로 오셨던 것 같아요. 아마도 어머니께서 평생 그리워하시던 이곳에서 아무도 모르게 임종을 맞고 싶으셨나 봅니다. 그러나 어머니께서 그간 행적에 대하여는 아무에게도 전혀 말씀을 하지 않아서 저희는 그 사실도 어머니가 돌아가신 다음에 알았지만 이곳이 아닌 데드홀스에서 일년 가까이 계시다가 정확한 날짜는 잘 모르지만 아마 11월 말경에 집에 돌아오신거 같아요. 그러나 집에 돌아 오셔서 아무에게도 본인이 돌아왔다는 연락을 하지 않고 혼자서 며칠간을 계신 거 같아요. 하지만 집에 오시자마자 병이 너무 깊어지시니까 혼자 병원에 다시 입원하셨습니다. 그런데 저희는 모두 학기 중이라 학교에 있었고 아버지께서도 휴가 중이어서 아무도 어머니가 돌아 오셔서 다시 입원하신 것을 몰랐지요. 어머니가 혼수상태에 빠지고 나서야 병원에서 저희와 휴가 중에 있는 아버지께 수소문하여 비상연락을 취하였지만 때는 이미 늦었습니다. 벌써 어머니는 혼수상태에 빠지셨고 다시 깨어나시지 못하고 돌아가셨어요.

어머니가 운명하시기 10일 전, 혼수상태에 빠지시기 전에 유서를 쓰시면서 돌아가신 다음 장기와 시신을 당신이 입원하고 있는 노스웨스턴 대학병원에 기증하겠다고 하셨어요.

아마도 어머니께서는 자신이 이 세상에 살아 계실 날이 얼마 남지 않았다는 것을 알고 계셨나 봅니다. 유서를 쓰시고 3일 후에 어머니는 혼수상태로 일주일 간 계셨다가 마침내 12월 20일에 뇌사 판정을 받고 운명하셨습니다.

저희가 병원의 연락을 받고 달려갔을 때는 이미 어머니께서는 혼수상태로 무균실 중환자실에 계셨어요.

그토록 보고 싶어 하시던 저희들이 왔는데도 엄마는 눈을 떠서 반갑게 웃으며 맞아주지도 못하고, 전혀 알아보지도 못하고, '상훈아!' 하고 불러보지도 못 하시고 돌아가셨어요. 흐 흐 흑."

복받치는 슬픔을 억지로 참느라고 상훈의 목소리는 떨리며 이어졌다.

"유서를 쓰신 후, 병원에서는 곧바로 기증할 수 있는 건강한 장기가 있는지 검사를 한 결과 다행히 안구는 암세포가 침범하지 않아 뇌사 판정을 받은 직후에 다른 환자에게 이식 수술되었습니다.

그리고 시신은 의과대학 해부 실험용으로 사용하고 3개월간 냉동 보관 되었다가 화장을 시켰답니다. 기증된 시신은 3개월 동안 병원에 보관하는 것이 병원의 규율이라서 바로 일주일 전인 3월 20일에 화장해서 병원 성당 묘지 납골당에 모셨어요.

이렇게 저희 어머니의 45년 9개월 짧은 생은 한줌의 재로 이 세상에 남게 되었습니다. 한데 어머니가 돌아가신 후에 어머니의 유품을 정리하다가 어머니께서 영원히 계시고 싶은 곳은 성당 묘지 납골당이 아니란 것을 알았습니다.

물론 유서에 적으시지는 않으셨지만 어머니의 노트북 속에 있는 유고를 정리하는 동안 어머니께서 진정 계시고 싶은 곳은 납골당이 아닌 시카고의 저희 집과 이곳이라는 것을 알게 되었습니다.

평생을 단 한번도 자신만을 위해서 살아보신 적이 없는 어머니는 돌아가시는 그 순간까지도 남을 위해 당신의 육체를 희생하셨습니다.

저는 어머니께서 돌아가신 후에 진정 계시고 싶은 곳이 이곳이라는 것을 알고 아들로서 마지막 효도로 너무 불쌍하게 돌아가신 어머니의 소원을 들어드리고 싶었습니다.

그래서 동생과 상의하여 납골당에서 어머니 유골을 찾아서 어머니 유골의 반은 어머니 당신이 평생 저희와 함께 사시면서 구석구석 어느 한 곳, 어머니의 손길이 닿지 않은 곳이 없는 미시간 호수가 보이는 에반스톤 저희 집 뒤뜰 성모님 동상 앞에 모셨습니다.

영원히 어머니의 분신인 시희들과 함께 사실 수 있도록 묻어 드리고, 나머지 반은 어머니께서 손수 만드신 항아리에 담아서 어머니 영정과 함께 이렇게 이곳으로 어머니를 모시고 왔습니다. 그러나 제 동생 지훈이는 어머니께서 여기에 계시고 싶다는 사실이 믿어지지도, 받아 드릴 수가 없답니다.

저희 어머니는 절대로 그런 분이 아니시라고 완강히 어머니를 이곳으로 모셔오는 것을 거부하고 있습니다.

유고에 나오는 이곳 캑토빅도, 정 선생님도 데드홀스 호텔도 모두가 어머니의 작품 속에서 만들어진 이야기일 뿐이라고 우깁니다.

제가 작품과 사실을 구별 못하고 엉뚱한 짓을 하고 있다고 합니다.

정 선생님께서는 저희 어머니가 어떤 분이었는지 알고 계시지요? 아마도 어머니께서 본인의 신상에 대하여 말씀을 하신 적이 없으신 걸로 알고 있는데 맞는지요?

오로지 김채린이란 이름 석자와 잡지사 기자로 시카고에 살고 있다는 것 외에는 저희 어머니가 어떤 분이셨는지도 모르시는 정 선생님께 어머니를 모시고 온 이유를 말씀드리기 위하여 이렇게 장황하게 설명하게 된 것입니다.

제가 이곳까지 동생과 함께 어머니를 모시고 오자고 결

정하게 된 것은 어머니께서 쓰시다가 병이 깊어져서 완성을 못 하시고 가신 장편소설과 그동안 써오신 일기를 읽고 나서 입니다.

짧은 메모 형식으로 한 10년 가깝게 거의 하루도 빠짐없이 쓰신 일기를 보면서 완성 못하시고 남기고 가신 장편소설이 어머니 본인의 이야기를 소설화한 것이라는 것을 확실하게 저는 알게 된 것입니다. 그러니까 유고인 장편소설은 창작 소설이 아니라 어머니 본인의 자전적 소설이었습니다.

그 일기를 통해서 소설에 나오는 이 선생님이라는 분은 실존인물이라는 것을 확신하게 되어 데드홀스까지 오게 되었고 그곳에서 수소문을 하였더니 그 소설에서 나오는 캑토빅의 이 선생님이 바로 정 선생님이며 이곳에 살고 계시다는 것을 알게 되어서 염치 불구하고 어머니를 모시고 제가 여기에 오게 된 것입니다.

세상 어느 누구도 알지 못하고 묘연했던 지난 일년 동안의 저희 어머니의 행적을 유고를 통해서 저희는 알게 되었습니다.

아울러 소설에 나오는 이야기가 모두 실제 이야기라는 것과 미완성 장편소설은 어머니께서 정 선생님께 남기고 가신 원고라는 것을 어머니를 모시고 이곳까지 오는 동안 확실하게 알았습니다.

그래서 정 선생님께서 어머니의 유고를 꼭 읽어 보셔야 할 것 같아서 제가 이렇게 디스켓에 넣어 왔습니다. 원고를 읽어보시면 정 선생님께서도 아시겠지만 어머니께서 살아 계신 마지막 순간까지 어느 누구에게도 선생님에 대한 감정을 말씀 못하시고 정 선생님을 가슴에 담으시고 그리워하시며 돌아가셨습니다.

내일이 어머니의 46회 생신입니다. 저는 내일 어머니 생신 선물로 어머니 당신께서 영원히 계시고 싶어 하시는 이곳에 모셔다 드리고 싶었습니다.

정 선생님께 저의 어머니를 잘 보살펴 주시길 부탁드리고 오후에 동생이 기다리고 있는 데드홀스로 돌아가려고 합니다. 정 선생님께서는 저희 어머니께서 계시고 싶어 하시는 곳이 어딘지를 짐작하실 거 같아서 부탁드리는 겁니다. 내일 아침 어머니와 저를 그곳에 데려다 주셨으면 정말 고맙겠습니다.

오늘 오후 저는 어머니를 모시고 이곳 캑토빅이 어떤 곳인지 어머니와 함께 한바퀴 돌아보려고 해요. 어머니께서 그리워하시던 이곳의 구석구석을 저와 함께 걸어 다니

면서 가슴속에 영원히 기억하시라고 다시 보여드리려고
해요. 그리고 어머니께서 살아 계신 마지막까지 그리워하
시던 이곳의 정취를 저도 어머니와 같은 마음으로 같이
느껴보고 싶습니다."

상훈은 눈에 눈물을 가득 담고서 조용히 차분하게 이야
기를 마쳤다.

윤우는 슬픈 가운데서도 미국에서 태어나서 자랐건만
한국에서 금방 온 사람처럼 완벽한 한국어를 구사하고 있
는 상훈이 너무나 기특하여 물끄러미 바라보았다.

어머니를 너무나 사랑하고 또 그리워하는 젊은이를 바
라보면서 채린이 얼마나 행복하고 대단한 여인이었는가
를 새삼 느낄 수 있었다.

'채린이 저렇게 믿음직스럽고 자랑스런 아들을 남겨두
고 혼자 가는 것이 얼마나 가슴이 아려오고 미어지도록
아파서 어떻게 눈을 감았을까?'

윤우의 가슴도 찢어지도록 아파 오기 시작했다.

테이블에 놓인 환하게 웃고 있는 채린의 사진을 바라보
았다. 그리고 윤우는 다시 한번 채린에게 마음속으로 약
속하였다.

'앞으로 남은 나의 생 동안 채린이 너를 내가 돌보아 줄 것이며 또 네가 사랑했던 모든 것을 내가 너 대신 사랑해 주겠다.'

윤우는 채린의 죽음이 너무나 기가 막히고 슬퍼서 그녀의 아들이 머물고 있는 방을 어떻게 나와서 내실로 돌아왔는지 아득했다.

머리 속의 온갖 기억 파일이 하나 씩 하나씩 어디론가 날아가 버린다.

채린이 이 세상에서 숨쉬고 있지 않다는 엄청난 슬픔도, 노란 해바라기와 같은 그녀의 환한 미소도, 처음 그녀를 보는 순간 온몸이 감전된 것과 같던 떨림도, 윤우 가슴에 굳게 자리를 잡은 사랑의 나무도…… 모두 다 날아간 자리를 하얀 물감으로 다시 하얗게 지워가며 윤우의 머리 속은 하얗게 텅 빈 공간이 되어 버렸다.

4

쉬지 않고 흘러가는 시간은 어느 누구도 멈추게 할 수가 없었다. 이 세상을 창조한 신이라 할지라도.

어느새 점심식사 준비를 해야 할 시간이 되었건만 윤우는 전신에 무력증이 와서 일어설 수도, 아니 손가락 하나 까딱 할만한 기운도 없었다.

점심시간이 다 되어도 부엌에 나타나지 않는 윤우를 기다리다 마음이 급해진 주방보조 마이크가 내실에 들어왔다. 소파에 누워 일어나지 못하는 윤우를 발견하고 놀라서 어쩔 줄 모르다 입을 열었다.

"해리스! 왜 그래요? 어디가 어떻게 아파요? 병원에 전화를 할까요? 아이참, 무엇부터 어떻게 해야 좋을지 모르겠네. 많이 아파요? 점심준비는 저희끼리 알아서 할 테니까 좀 쉬세요. 그리고 제가 나가서 병원에 전화하여 낸시에게 빨리 왕진 와 달라고 할게요."

윤우는 소파에 누워 일어나지를 못하는 자신을 보고 놀라서 어쩔 줄 모르는 주방 보조 마이크를 바라보면서도 아무 말도 할 수가 없었다.

머리 속이 완전히 하얗게 비워져서 여전히 아무 것도 생각이 나질 않았다.

그러나 '이건 아니다. 그래 이건 정말 사실이 아니다.' 라는 생각이 서서히 들기 시작했다. 그리고 가슴 한가운데서 뜨거운 그 무엇이 끓어 올라왔다.

로사 순희 바라보다

세상과 창조주에 대하여 뜨거운 분노와 노여움이 가슴 한가운데서 뜨겁게 솟아 올라왔다. 윤우가 사랑하였던 사람들을 하나씩 빼앗아 가는 신에 대하여 원망과 증오가 온몸을 떨리게 하였다.

온 가족을 불행으로 놓아넣고 정작 본인은 거의 평생 정신을 놓고 사는 윤우의 십자가인 아내, 전쟁으로 남편과 자식을 잃고 남은 자식들만을 위하여 희생을 하며 살다가 돌아가신 어머니, 남동생인 윤우를 위해 본인들의 인생을 희생한 누나들, 우연인지 필연인지 모르지만 특별한 인연으로 만나 남모르게 홀로 가슴 아픈 짝사랑의 나무로 윤우의 마음 한가운데 자리 잡고 있다가 홀연히 떠난 채린…….

이런 불행들이 하고많은 세상 사람들 중에 왜 자기에게만 일어나는지 정말 신이 원망스럽고 이런 자신의 숙명이 저주스럽다.

그러나 윤우 혼자만의 짝사랑인줄 알았던 사랑의 나무가 그녀의 가슴속에서도 자라고 있었다는 사실이 윤우의 가슴을 더욱 쓰리고 아리게 했다.

잠시 머물렀다 간 짧은 인연이라고 생각하기에는 윤우 가슴에 그녀의 자리가 너무 깊고 넓었다는 것을 오늘에서야 비로소 알았다.

'이렇게 정신을 잃고 누워 있을 것이 아니라 얼른 기운을 차려 일어나야지. 영원히 돌아올 수 없는 곳으로 떠나가는 그녀를 배웅하여야 하는데…….'

그러나 몸은 마음먹은 대로 움직여 주지를 않았다.

그때 똑 똑 똑 두드리는 소리가 나고 내실 문이 열렸다. 윤우는 소리 나는 문 쪽을 바라보았다. 거기에는 상훈이 서 있었다.

"아니! 정 선생님 왜 그러세요? 어디가 얼마나 불편하세요? 병원에 안 가셔도 되시겠어요? 지금 저랑 병원에 같이 가시지요. 예? 저는 어머니를 모시고 이 캑토빅을 한바퀴 돌아보러 나가려고 했습니다. 혹시 지훈이가 여기 올지 모르거든요. 데드홀스에서 오는 비행기가 도착하는 시간에 맞춰서 비행장에 나가보려고요. 정 선생님이랑 다 같이 이곳을 둘러보러 가려고 했는데 선생님께서 이렇게 많이 편찮으시니 지훈이가 오면 둘이서 천천히 둘러보고 오겠습니다. 그런데 선생님, 정말 병원에 안 가셔도 괜찮으시겠어요?"

"조금만 누워 있으면 괜찮아질 것 같으니까 너무 걱정 말아요. 그리고 아직 이곳 바깥 날씨는 꽤 쌀쌀하니까 겉

옷을 두껍게 입고 단단히 차비를 하고 밖에 나가도록 해요. 같이 못 가서 정말 미안해요. 호텔 후론트에 가면 캑토빅 안내 지도가 있으니까 로리에게, 참! 로리가 누군지 모르겠군요. 그러니까 어제 왔을 때 후론트에서 방 키를 주던 원주민 여직원 기억나요? 그녀에게 지도를 달라고 해서 가지고 가도록 하세요. 이곳은 도시처럼 복잡하지 않고 조그맣고 한적한 곳이니까 사실은 누구든지 지도 없이도 돌아볼 수가 있어요. 이곳이 줍기는 해도 걸어서 돌아보려면 제법 시간이 걸릴텐데……. 그리고 밖의 날씨도 꽤 추울 테고, 낮에는 잘 안 다니지만 가끔 흰곰과 같은 야생동물들이 인가로 나와서 위험하답니다. 조심해야 해요. 내가 같이 차로 가주어야 할 텐데 몸이 이러니…… 미안해서 어쩌지요? 안 되겠어요. 저 밖에 가서 후론트에 있는 호텔 직원을 불러 줄래요? 길 안내를 해주라고 할 테니 그와 함께 가도록 해요."

"아닙니다. 됐습니다. 저 혼자서 동네 지도를 보면서 이 근처만 한바퀴 돌아보고 비행장에 들려서 오겠습니다. 걱정하지 마세요. 옷도 두껍게 단단히 차려 입고 신발도 걷기 편한 것으로 갈아 신었습니다. 저보다도 정 선생님 안색이 너무 안 좋으셔서 걱정입니다. 다녀오겠습니다."

상훈이 방을 나가자 윤우는 다시 소파에 쓰러지듯이 누웠다. 온 몸의 기운이 발밑으로 썰물처럼 빠져나갔다.

상훈의 마음과 발걸음은 한없이 무겁기만 하다. 낯선 땅에서 알지 못하는 사람이 저렇게 일어나지도 못할 만큼 자신의 어머니의 죽음을 애통해 하며 절규하는 모습이 상훈에게는 마냥 낯설고 참참하기만 하였다.

시카고 노스웨스트 대학 병원 성당 납골당에서 어머니 유골을 알래스카로 모시고 오기까지 상훈은 많은 어려움과 마음의 갈등을 겪었다.

특히 어머니의 유고를 읽고 어머니를 알래스카로 모셔가야하는 이유를 자초지종 설명하는 상훈의 의견에 '우리 엄마가 그럴 리가 없다.'고 이곳까지 오는 동안 강한 반발을 하던 동생 지훈을 설득하여 시카고에서 알래스카 비행기를 타고 데드홀스까지 온 것이 가장 큰 난관이었다.

그런 지훈과는 달리 상훈은 감추어 두고 가신 어머니의 마음을 이해하려고 노력하면서 '진정 어머니가 원하셨던 것이 무엇일까?' 하고 어머니 편에서만 많이 생각하면서 여기까지 왔다.

로사 순희 바라보다

그러나 막상 절규하는 윤우의 모습을 보는 순간 지금까지 어머니를 이해하던 마음과 달리 이상하게 화가 나고 가슴이 막혀오면서 답답함이 느껴졌다.

'과연 자신이 어머니를 이곳에 모시고 온 것이 잘한 일이었을까?' 하는 후회가 생기고 갑자기 환하게 웃고 있는 어머니의 사진이 무척이나 낯설었다.

어떤 심정으로 지훈이가 그토록 어머니의 마음을 부정했는가 십분 이해가 되며, 동생의 의견을 따라 데드홀스에서 시카고 집으로 다시 모시고 돌아가지 않은 것을 잠시 후회했다.

그렇지만 호텔을 나와 비행장 쪽으로 지훈을 마중 나가며 '이것이 헛걸음이 되지 말았으면……' 하고 생각하였다.

지훈이가 마음이 변하여 오늘 여기 올 거라는 기대를 하지는 않지만 그래도 혹시나 싶어서 비행장으로 마중을 나가고 있었다.

어제 아침 상훈이 이곳 캑토빅에 도착했을 때는 호텔에서 마중 나온 차를 타고 들어와 비행장에서 호텔까지 별로 먼 줄을 몰랐는데 막상 걸어서 가려고 하니 생각보다 거리가 멀었다.

그리고 윤우의 말처럼 한낮인데도 바람이 차갑고 기온이 많이 내려 가 있었다. 한기가 온몸을 움츠리고 굳게 만들어 여유를 가지고 동네를 둘러 볼 엄두가 나질 않았다.

차가운 바다 바람을 가로지르며 한참을 정신없이 걷다 보니 상훈은 병목처럼 생긴 바닷가 비행장에 도착하였다.

아직 비행기 도착 시간이 일러서 인지 비행장에는 아무도 나와 있지 않았다. 격납고처럼 보이는 커다란 반원 모양의 지붕을 한 건물이 두 동 이어져 있다. 그 옆으로 사무실 아니면 창고처럼 보이는 슬라브 간이 건물이 서 있다. 어제 도착했을 때는 정신이 없고 얼떨떨해 몰랐는데 지금 다시 와서 보니 너무나 초라하고 황량하기 그지없는 작은 비행장이었다.

양옆으로 하얀 눈밭인 백사장과 푸른 바다, 수없이 떠 있는 하얀 얼음덩이들이 보이고 천연적으로 만들어진 긴 병목처럼 생긴 하얀 비행장에 한가운데 검은 선을 그어 놓은 것 같은 활주로가 눈에 가득 들어온다.

상훈은 격납고 뒤쪽 길로 접어들어 바닷가로 걸어가 보았다.

넓은 하얀 바닷가 가까이 작은 창고 같은 건물이 한 채 댕그라니 초라하게 서 있다. 아마도 가을 고래잡이축제

때라든지 이 고장의 바닷가 행사 때 쓰는 사물함 같은 창고건물인가 보다.

그 넓은 바다에 하얗게 무수히 덮여서 떠다니는 얼음 덩어리들 사이사이로 비치는 바닷물은 빛이 맑고 파랗다 못해 검푸른 잉크를 풀어놓은 듯한 푸른 쪽빛으로 다가왔다.

너무 한가롭다 못해 황량하고 삭막하기까지 한 이곳에 어머니를 모셔놓고 간다고 생각하니 마음이 아려왔다.

상훈은 핑 도는 눈물을 삼키려고 가슴이 시리도록 구름 한 점 없는 파란 하늘을 올려다보며 생각했다.

'정말 엄마가 이곳에 계시고 싶어 하셨을까? 내가 너무 앞서가는 것이 아닐까? 평생을 외롭게 사시다가 가셨는데 돌아가셔서까지 아무도 없는 이런 오지에 모셔야 하는지 대책이 서질 않는구나. 그리고 엄마도 정 선생님을 진정으로 사랑하셨을까? 혹시 지훈이가 오면 엄마를 이곳에 모시는 것을 다시 상의를 해 봐야겠다.'

시카고를 떠날 때의 마음은 이런 것이 아니었는데 왜 이렇게 마음의 갈등이 생기는지 알 수가 없었다.

가만히 생각해보니 이 미묘한 심정의 변화는 아마도 어머니를 남에게 빼앗겼다는 생각과 자신들이 전부였다고 믿었던 어머니의 생에 감추어진 다른 부분이 함께 존재하고 있었다는 것이 확인되면서 그것을 인정하고 싶지 않은 마음일 것이다.

어머니와 23년 동안 같이 살았던 아버지보다도 어머니의 죽음을 진심으로 더 애통해 하며 절규하는 정윤우 씨를 보면서 상훈은 어머니에 대하여 솔직히 말하면 어떻게 말로 표현할 수 없는 배신감과 낭패감이 들었다.

결국 자신도 동생 지훈과 마찬가지로 어머니를 부정한 여인으로 생각했던 것이 아니었을까?

어머니의 유품을 정리하면서 완성되지 않은 장편소설과 일기들을 보면서 어머니를 이해하려고 하는 마음과 다른 한편으로는 그것은 도저히 있을 수 없는 일이라고 부정하는 지훈이의 생각과 마찬가지로 믿고 싶지 않았다.

이해를 하면서도 한편으론 그 이야기가 오직 소설 속의 가공된 이야기라는 것을 확인하고 또 증명하고 싶어서 이곳에 오지 않았나 싶다.

그랬다가 믿고 싶지 않은 그 이야기가 가공된 소설의 이야기가 아닌 사실이라는 것이 양파의 껍질이 벗겨지듯 하나씩 확인되면서 상훈은 낭황하게 되고 마음의 갈등과 함께 낭패감까지 느껴졌다.

한편으로는 엄마가 마지막 순간까지 가슴에 묻고 간 진실을 영원히 묻어서 간직하게 하지 못하고 굳이 밝혀내어 확인하려고 이곳까지 온 것이 엄마를 위한 것이 아니라 불효를 하는 것 같아 너무 미안하고 후회가 되었다.

푸른 하늘 저편에 검은 점 하나가 확대되어 시야에 들어 왔다. 데드홀스에서 오는 비행기인 것 같다. 상훈은 서둘러 비행장 쪽으로 올라갔다. 격납고 옆으로 해서 비행기가 착륙하려고 하는 활주로 근처까지 단숨에 뛰어갔다. 어느새 주위에 차들이 하나 둘 모여들고 털이 많은 동물 가죽으로 만든 모자가 달린 고유의상을 입은 원주민들이 간간이 눈에 뜨인다.

세스나 경비행기가 착륙을 하고 문이 열리며 트랩이 내려지고 탑승객들이 하나씩 내리기 시작하였다. 네 명의 승객이 내리고 다섯 번째 승객의 모습이 문 앞에 나타났다.

"지훈아!"

상훈은 지훈이 눈에 보이자 너무 반가와 저도 모르게 큰소리로 지훈을 부르며 달려갔다.

안올 거라고 믿으면서도 혹시나 하고 나왔는데 착한 지

훈이가 이곳에 왔다.

상훈은 비행기 쪽으로 달려가서 트랩에서 내려오는 지훈을 껴안았다.

"그래, 잘 왔다. 난 네가 꼭 올 줄 알았어. 네가 얼마나 엄마를 사랑하는지 나는 알고 있거든…… 엄마도 무척 기뻐하실 거야."

하루 사이에 얼마나 마음을 졸였는지 지훈의 큰 눈이 깊숙이 들어가 더 커 보였다. 지훈의 그 큰 눈에서 소리 없이 눈물이 줄줄 흘렀다.

"형, 내가 고집 부리고 형 속상하게 해서 미안해. 정말 미안해."

어느새 정 선생님이 보낸 호텔 종업원 앤디가 지훈의 가방을 가지고 나온 포드 토러스 웨곤에 실었다. 상훈은 지훈과 함께 차를 타고 호텔로 왔다.

"여기가 정 선생님이 운영하시는 캑토빅 폴라 베어 호텔이다. 우선 짐을 방에 갖다 놓고 나서 정 선생님께 인사 드리자. 네가 여기에 이렇게 온 것을 아시면 무척 반가와 하실 거야. 그리고 엄마 모시고 엄마가 계실 이곳을 한바퀴 돌아보자, 지훈아.

상훈은 지훈과 함께 방에 가서 짐을 내려놓고, 윤우가

있는 내실로 갔다.

"정 선생님, 몸은 좀 어떠세요? 제 동생 지훈이가 조금 전에 도착했어요. 정 선생님께 인사를 드리려고 들렀습니다. 잠깐 들어가도 되겠습니까? 지훈아, 정 선생님께 인사를 드려라. 아, 선생님, 일어나지 마시고 누워 계세요."

윤우가 누워 있는 침실로 들어와 상훈은 지훈을 윤우에게 인사를 시켰다. 갑자기 침실로 방문한 두 젊은이를 누워서 맞이할 수가 없어 안간힘을 다하여 몸을 일으켜 앉았다.

"김지훈 제임스입니다. 만나 뵙게 되어 반갑습니다."

"그래요. 먼길 오느라 수고 많았어요. 귀한 손님들이 왔는데 내가 몸이 안 좋아 실례인 줄 알면서 누워서 손님을 맞는군요. 참 미안해요. 그리고 나도 지훈 군을 만나보게 되어서 너무 반가워요."

"정 선생님, 그럼 저희는 이만 나가볼게요. 어머니 모시고 동생과 함께 동네 한바퀴 돌아보려고요. 정 선생님께서 빨리 회복하셔서 자리에서 일어나셔야 할 텐데."

고개를 숙여 인사를 하고 말없이 형 뒤에 가서 서 있는 지훈을 보니 윤우는 더욱 가슴이 미어져 왔다.

형보다 키는 크지만 아직도 고등학생처럼 어려 보이는

지훈의 얼굴에서 채린의 모습이 그대로 살아났다. 갸름한 지훈의 얼굴 윤곽이며 다문 입과 서글서글한 눈매가 채린을 꼭 빼어 닮았기 때문이다.

더구나 지훈이 가슴에 꼭 끌어안고 있는 채린의 사진을 보는 순간 더더욱 가슴이 아파 와서 윤우는 도무지 기운을 차릴 수가 없었다.

두 젊은이들이 방을 나간 후 윤우는 앉아 있을 기운조차 없을 만큼 심한 무력증이 와서 다시 침대에 고목 나무 등걸이 쓰러지듯이 누웠다.

침대에 누워서 하얗게 비워진 머리 속에 처음 채린을 만났을 때부터 지금까지의 채린에 대한 기억들을 하나씩 다시 빈자리에 채워 넣었다.

눈을 꼭 감고 망막 위에 채린과 지금 막 이 방을 나간 젊은이들의 얼굴들을 떠올려 본다.

'저들과 나는 무슨 인연으로 이렇게 만나게 되었을까?'

5

상훈과 지훈은 호텔을 나와서 조금 전 비행장에서 왔던

길 쪽으로 걷기 시작했다. 밖으로 나온 지 1분도 채 안 되어 차가운 북극 바람에 얼굴이 얼기 시작하면서 조금 있으니까 얼굴이 따갑고 아파 오기 시작하였다.

몇 집을 지나고 조금 더 걸어가니 왼쪽으로 학교 건물이 보이면서 오른쪽으로 바닷가로 가는 오솔길이 나왔다.

아직도 하얗게 쌓인 눈 사이로 듬성듬성 마른풀들이 보이는 오솔길을 지나니까 조금 넓은 길이 나왔다. 그리고 길 양옆으로 집들이 드문드문 보이는데 그들이 길을 지나가자 집안에서 사람들이 나와 낯선 동양 사람들을 신기한 듯 구경하였다.

한참을 걷다가 보니 하얀 눈과 얼음으로 덮인 북극 바다가 보이는 막다른 길까지 왔다. 비행장이 보이는 아래쪽으로 꺾어 걸어가다 보니 길모퉁이에 레스토랑 겸 디스코텍 바아가 보였다.

북극의 겨울 바람은 그들이 생각했던 것보다 훨씬 매섭기만 하다. 그곳까지 걸어오는 동안 너무 춥고 찬바람에 얼굴과 특히 코와 귀가 떨어져 나가는 것 같이 아프고 얼얼했다.

"지훈아! 너무 춥지? 우리 저 안에 들어가서 잠시 쉬었다가 갈까?"

상훈과 지훈은 'OPEN' 사인이 붙어 있지만 너무도 한적한 건물 안으로 들어갔다. 생각했던 대로 까페 안에 들어가니 손님은 아무도 없었다. 까페의 실내는 조금은 퀴퀴하고 눅눅한 느낌이 들면서 침침하고 어두웠다.

실내에는 왼쪽에 테이블이 4개가 놓여 있고 테이블 주위에는 푹신해 보이는 현란한 원색 소파들이 둥그렇게 놓여 있었다.

오른쪽으로는 스탠드 바가 설치되어 있고 높다란 의자가 여러 개 놓여있다. 그리고 안쪽으로 무대와 댄스 홀로아가 마련되어 있었다.

아마도 저녁에는 술도 팔고 춤도 추고 무대 위에 드럼을 비롯하여 여러 가지 악기들이 있는 것을 보니 생음악도 연주를 하는 곳인가 보았다.

상훈과 지훈은 들어와서 따뜻해 보이는 제일 안쪽 테이블에 자리를 잡았다.

실내에 들어오니 찬바람에 얼었던 얼굴이 화끈거리면서 벌겋게 달아올랐다.

"안에 아무도 안 계십니까?"

한참 있어 있으니 뚱뚱한 에스키모 원주민 여인이 나가와서 주문을 받았다.

로사 순희 바라보다

"뜨거운 커피 두 잔 부탁합니다."

"알았어요. 조금만 기다려 주세요. 커피가 끓여 놓은 지 오래 되어 맛이 없으니 새로 뽑아 드릴 테니 잠시만 기다려 주세요. 그런데 두 분은 처음 보는 얼굴인데 어디에서 온 여행객인가요? 아니면 해리스네 손님이신가요?"

아마도 그들이 비행기에서 내릴 때부터 벌써 온 동네에 낯선 두 동양 사람들에 대하여 소문이 나 있나 보았다.

카페의 원주민 여자는 눈을 반짝이며 두 사람의 실체에 대하여 자못 궁금해 하며 그것을 알아내고 싶어한다.

잠시 후 카페 여자는 커다란 머그잔에 뜨거운 커피를 가득 담아 가지고 테이블 위에 놓으면서 그 옆에 놓인 채린의 사진을 들여다본다.

"아니, 이 사진은 전에 해리스네 집에 왔던 여자 손님 사진이네."

그녀는 사진을 한번 쳐다보고 상훈과 지훈의 얼굴을 번갈아 쳐다보면서 고개를 갸우뚱하고 안으로 들어갔다.

뜨거운 커피가 식도를 타고 위 속으로 들어가니 꽁꽁 얼었던 몸이 조금은 풀리는 것 같았다.

"지훈아, 얼른 커피 마시고 일어나자."

상훈은 커피잔을 물끄러미 넋 놓고 바라보고 있는 지훈

에게 커피가 뜨거울 때 빨리 마시고 나가자고 재촉하였
다.

밖은 여전히 살갗을 에이듯 매섭게 차갑다.

바람을 막아주는 인가도 없는 황량한 바닷가라서 호텔
근처보다 더 춥다. 한참을 걸어가니 흰눈이 쌓인 넓은 모
래사장에 난파선 같이 생긴 오래된 폐선이 하나 나타났
다. 갈매기인지 하얀 새들이 폐선 난간에 앉아 있다.

그리고 저 멀리 바닷가에 커다란 하얀 조형물 같은 것
이 보인다.

"형, 잠깐만 이 배 안에 들어가서 나랑 이야기하자. 너
무 춥고 힘드네. 나는 아직도 우리가 이러는 것이 엄마에
게 잘하고 있는 것인지 모르겠어…… 정말 우리 엄마가
여기에 계시기를 원했을까? 나는 이왕 여기에 왔으니까,
그리고 엄마가 여기에 오시고 싶어 하셨으니까 그냥 이곳
구경만 시켜드리고 다시 우리 집으로 모시고 갔으면 좋겠
어. 그렇게 하자 응? 형. 정말이지 여기는 데드홀스 보다
도 더 너무나 삭막하고, 쓸쓸하고, 그리고 너무 너무 춥
네. 엄마를 아는 사람이 아무도 없는 외로운 곳인데……
그리고 형도 알지? 우리 엄마가 얼마나 추위를 타셨는지.

찬바람 쐬고 추우면 금방 두드러기가 나시고 또 편도선이
붓고 감기 걸리셔서 겨울만 되면 얼마나 힘들어 하셨는
지. 그런데 여기는 시카고의 겨울과는 비교를 할 수 없을
만큼 너무나 추워서 엄마가 어떻게 계실 수가 있겠어? 그
리고 형이 캘리포니아로 대학교를 가면서 집을 떠나고,
그래도 그때는 내가 집에 있어서 덜 외로와 하셨지만 나
마저 보스톤으로 대학을 가면서 우리가 엄마 곁을 모두
떠난 다음, 엄마는 늘 혼자서 얼마나 외롭게 지내셨는지
형은 알아? 요즈음 나는 보스톤으로 대학교를 간 것을 몹
시 후회하고 있어. 만약 내가 그냥 집에서 학교를 다녔으
면 엄마가 병에 걸리지도 않고, 이렇게 추운 알래스카까
지 와서 고생을 하지도 않았을 것이고, 더구나 집도, 자식
도, 가족도 없는 행려병자처럼 혼자서 돌아가시지 않았을
지 모른다는 생각이 자꾸 들어. 이제 와서 후회해 봐야 아
무 소용없는 일이라는 것을 잘 알면서도 왜 자꾸만 그런
생각이 드는지 몰라. 엄마가 늘 말씀하셨어. 은퇴하시면
산과 바다가 있는, 겨울에도 시카고처럼 눈이 많이 오지
않고 춥지 않은 곳에서 살고 싶다고 하신 것을. 형은 기억
안나? 형아, 나는 너무 춥고 쓸쓸한 이런데 엄마를 혼자
두고 갈 수가 없어. 형이 마음을 바꿔 다시 생각해 보면

안 될까? 내가 오늘 여기에 온 것은 형의 의견을 따르려
고 온 것이 아니고, 엄마를 다시 우리 집으로 모시고 가고
싶어 형을 설득하려고 온 거야. 내일이면 늦게 되니까. 내
가 여기 안 오고 형 생각대로 한다면 또 한번 나는 엄마에
게 미안하고 후회할 일이 생길 것만 같았어."

한마디 말 없이 쫓아오던 지훈이 그 큰 눈에 눈물을 가
득 머금고 상훈을 붙들고 진지하게 이야기를 하였다.

상훈은 막내로 마냥 어리기만 한 줄 알았던 지훈이가
그토록 속이 깊을 줄 몰랐다. 그리고 그 말은 상훈 자신이
지훈에게 하고 싶었던 말이었다.

그러나 상훈은 용기가 없어서 차마 동생에게 그 말을
할 수가 없었다.

장례식 이후 며칠동안 너무 상심하여 눈이 푹 꺼지고
턱이 뾰족해질 정도로 꺼칠하게 얼굴이 상한 동생이 너무
애처롭고 측은하여 가슴이 아팠다.

"그래, 지훈아. 우리 다시 생각해 보기로 하자. 우리 생
각이 아니라 어머니의 생각으로 말이야. 일단 이 배 밖으
로 나가서 어머니가 계시고 싶어 하시던 곳으로 가보자.
그곳에 가면 어머니가 왜 이곳에 오시고 싶어 하셨는지
알 수 있을 것 같구나. 그런 다음 거기에 가서 다시 생각

해 보자."

상훈은 환하게 웃고 있는 어머니의 사진을 방한 코트 속에 꼭 껴안고 폐선에서 나왔다.

'어머니, 보이세요? 어머니가 그렇게 오시고 싶어 하시던 곳에 왔어요.'

건너편 바닷가에서 보이던 커다란 하얀 조형물을 향해 가까이 걸어가 보았다. 그러나 야생 동물인 흰곰들이 주위에 있어서 더 이상 가까이 갈 수가 없었다.

상훈과 지훈이 서 있는 곳에서도 그 하얀 조형물은 흰 눈이 하얗게 눈꽃처럼 쌓인 고래무덤이라는 것을 알 수가 있었다.

앙상한 뼈들이 쌓여서 거대한 조각 작품을 이루고 있는 고래들의 풍장 무덤. 얼마나 오랜 시간을 찬바람과 흰눈 속에서 견디며 저렇게 쌓여서 무덤을 이루고 있을까?

고래무덤 사이사이에는 이름 모를 바닷새들이 보금자리를 틀고 있고, 무덤 옆의 눈과 얼음이 덮인 바다 위에는 흰곰들이 무리를 지어서 휴식을 취하고 있었다.

잠시 후 어디서 왔는지 하얀색의 여우같이 생긴 동물이 고래무덤 속으로 들어가 모습을 감추었다.

이 지구의 땅 끝에 서서 아름다운 자연을 바라보면서 비로소 상훈은 왜 어머니가 이곳에 계시고 싶으셨는지 조금은 알 것만 같다.

코끝에 느껴지는 이 북극 공기는 냄새부터 그가 사는 도시의 공기와 너무나 달랐다. 어머니도 그와 같이 가공되지 않은 순도 100%의 순수한 자연 그대로의 모습에 매료되어 이곳을 그리워하셨나 보다.

또 언제나 새들도 흰곰들도 그리고 수많은 북극의 동물들의 안식처가 되어주는 이 고래무덤 곁에 있으면 외롭지 않으실 것 같다는 생각을 하셨을까?

고도의 기계 문명에 오염된 공해, 숨막히는 인간들의 갈등 속에서 벗어나 이 북극의 공기만큼이나 순수하게 느껴지는 정 선생님 곁에서 지친 영혼을 위로 받으며 언제까지나 함께 계시고 싶으셨던 것이 아니었을까?

'어머니에게 주어진 얼마 남지 않은 시간동안만은 자신에게 채워진 모든 굴레를, 관습을, 재물, 학벌, 종교⋯⋯들를 훌훌 벗어버리고 싶었나 보다. 이 북극 같이 오염되지 않은 순수한 삶으로 돌아가고 싶으셔서 이곳 알래스카에 오셨고, 그 자연 속에서 마지막 시간을 맞으시고 싶으셨던 것 같았다.'

그리고 지훈이처럼 진정으로 어머니를 생각해서 이곳에 온 것이 아니라 상훈 자신은 잠시나마 어머니를 부정한 여인으로 생각하면서 그것이 사실이 아니기를 확인하려는 마음을 함께 가지고 이곳에 왔던 얄팍한 자신이 몹시 부끄럽게 생각되었다.

설령 어머니가 부정한 마음을 갖고 이곳을 오시고 싶어하셨다고 하였어도, 세상 모든 사람들이 어머니에게 부정한 여인이라고 돌을 던진다고 하여도 상훈이 자신만은 어머니 편에 서서 어머니를 이해하고 보호막이 되었어야 했었는데 그렇지 못했던 것이 어머니에게 몹시 미안하고 후회가 되었다.

눈이 시리도록 구름 한 점 없이 파랗던 하늘이 어느 사이에 잿빛으로 변하고 있었다. 구름이 햇빛을 가리니 가만히 있어도 이가 서로 부딪칠 만큼 더 더욱 온 몸에 한기가 느껴졌다.

옆에 있는 지훈이를 보니 얼굴이 시퍼렇게 꽁꽁 얼어 있었다.

상훈은 어머니를 닮아 감기에 약한 지훈이가 혹시라도 감기에 걸릴 가 봐 몹시 걱정이 되었다. 그러나 어쩔 도리가 없었다. 다시 호텔까지 돌아가려면 뛰어가더라도 적어도 30분은 족히 걸릴 것 같다. 그 사이에 지훈이가 아무 탈없이 감기에 걸리지 않고 호텔까지 잘 뛰어가 주길 바랄 뿐이었다.

상훈은 방한 점퍼를 벗고 속에 입고 있는 울 조끼를 벗어서 지훈에게 입으라고 주었다. 점퍼를 벗었다가 입으니 한기가 더욱 느껴졌다.

"지훈아, 우리 빨리 뛰어 갈까? 그러면 덜 추울 것 같다."

눈이 쌓인 바닷가 길은 뛰어가기에는 너무 힘이 들었다. 그래도 갈 때와는 반대로 바람을 등지고 뛰기 때문에 다행히 찬바람이 얼굴에 직접 부딪치질 않아 조금은 뛰기가 수월하였다. 그러나 몇 분도 못 뛰고 그들은 너무 힘이 들고 금방 숨이 턱에 닿아 막힐 것 같아 주저앉아버렸다.

저 멀리서 이곳을 향하여 오고 있는 불빛이 보였다. 저편 마을 쪽에서 빨간 트럭 한대가 불을 켜고 이 바닷가 쪽으로 오고 있었다. 마치 가도 가도 끝도 없이 막막한 사막을 헤매다 오아시스를 만난 것처럼 너무나 반가웠다.

"지훈아, 이제 됐다. 조금만 참아라. 우리, 저 차 운전사한테 호텔까지 태워 달라고 부탁을 해보자. 우리가 이곳 날씨를 너무 얕본 모양이다. 너무 춥지?"

로사 순희 바라보다

저편에서 오던 트럭이 한참을 뛰었더니 춥고 힘이 들어 잠시 웅크리고 앉아있는 상훈과 지훈이 앞에 와서 멈추었다.

정윤우 선생님이었다.

아픈 윤우가 채린의 아들들이 걱정되어 죽을힘을 다해서 직접 차를 몰고 동네 사람들에게 그들의 행적을 수소문하여 바닷가로 찾으러 온 것이었다.

"많이 추웠지요? 얼른 차에 타세요. 차안은 히터를 켜 놔서 훈훈할 거에요. 이곳의 날씨는 아무도 예측할 수가 없을 만큼 변화 무쌍합니다. 정말 미안해요. 같이 나왔어야 했는데…… 정신이 없어서 미처 생각을 못했어요. 감기 걸릴까 걱정이 되네요. 집에 가자마자 더운물에 목욕하고 뜨거운 스프와 이른 저녁을 준비하라고 주방에 일러 놓고 왔으니까 저녁 먹고 나서 아스피린 한 알씩 먹고 일찍 푹 자도록 해요."

"아니에요. 저희가 잘못해서 일어난 일인 걸요. 선생님 말씀을 안 듣고 심려를 끼쳐 드려 정말 죄송합니다."

마치 어머니가 살아서 돌아오신 것과 같이, 진심으로 자신의 아들들 같이 걱정해 주는 윤우를 보면서 상훈은 어머니를 이곳에, 아니 정 선생님에게 부탁드리고 가야겠다고 마음을 확실하게 정했다. 아마 어머니도 정 선생님의 저런 순수한 마음이 좋아서 이곳이 더 좋아졌던 것 같았다.

호텔에 도착해서도 윤우는 힘들어하는 지훈을 위하여 그들이 머물고 있는 방의 가스 벽난로에 손수 불을 켜주고 이것저것 세심한 배려를 해주었다.

지훈이 샤워를 하고 나오니 윤우는 어느새 뜨거운 치킨 크림 스프와 이탈리안 음식의 저녁을 주방에 시켜 벌써 방으로 가져다 놓았다. 그리고 지훈을 위하여 타이레놀과 감기약까지 물과 함께 옆에 준비해 두고 갔다.

윤우의 정성어린 접대를 받고 보니 북극의 차가운 바람으로 꽁꽁 얼었던 지훈의 가슴에 따뜻한 무엇이 솟아나며 온몸으로 퍼져 나갔다.

'이런 정성어린 관심은 엄마 말고 다른 사람한테는 처음인데…… 이 약을 보니 엄마가 너무 보고 싶다.'

접시 위에 놓인 타이레놀을 보니 열이 나면 언제나 아스피린은 부작용 때문에 복용하지 못하고 타이레놀만을 복용했던 엄마가 너무나 보고 싶고 그리워졌다.

그늘이 원하는 것은 일일이 말하지 않아도 알아서 챙겨주시던 완벽하면서도 자상했던 엄마 김채린. 그 엄마가 계시기를 원하고 그리워하던 이곳에서 더욱 엄마를 생각나게 할 만큼 너무나도 엄마의 자상함을 많이 닮은 정 선생님을 지훈은 인정조차 하고 싶지 않았던 처음 생각과는 다르게 다시 형의 말대로 엄마의 입장에서 생각해 보았다.

정 선생님이 준비해 준 뜨거운 스프와 약을 먹고 일찍 침대에 들어가 누웠다. 몹시 눈꺼풀이 아프도록 무거운 눈을 감고 엄마를 생각하면서 지훈은 점점 온몸이 수렁에 빠지는 것과 같이 가라앉는 것을 느꼈다.

6

상훈이 눈을 떠서 머리맡에 놓인 시계를 보니 어느새 8시가 넘었다.

어제 밤 내내 열이 올라 잠을 이루지 못하는 지훈이를 간호하다 새벽이 다 되어서야 겨우 잠이 들었다. 침대에서 일어나 밤새 앓다가 간신히 잠이 들어 자고 있는 지훈을 내려다보고 이불을 잘 덮어주고 샤워를 하러 들어갔다. 쏟아지는 잠을 찬물로 깨우고 폐부까지 시원하게 하는 북극의 찬 공기를 마시고 싶어 호텔 밖으로 나왔다.

그러나 밖은 밤새 내린 눈이 바람에 날려 눈보라를 만들었는지 온 세상이 하얗게 10m 앞도 제대로 안보일 만큼 아침 안개가 짙게 끼어 있었다.

상훈은 한 치의 앞도 안 보이는 안개 속을 걸으면서 살아 계셨으면 오늘 46번째 생일을 맞이했을 어머니를 생각하였다.

'진정 영혼이 있다면 지금 여기에 어머니의 영혼이 우리와 함께 계시지 않을까?'

그러나 어머니를 그리워하는 그리움도 잠시 뿐, 이렇게 안개가 끼어서 오늘 오후 데드홀스에서 오는 비행기가 무사히 비행장에 착륙을 하여서 그들이 이곳을 떠날 수가 있을까? 그리고 지훈이의 감기가 더 심해지지 않아야 떠날 텐데, 하는 걱정이 어머니를 그리워하는 마음보다 앞섰다.

어제 저녁 지훈이는 바닷가에서 돌아오자마자 더운물에 목욕을 하였다.

그리고 목욕을 한 후에 윤우가 준비해 준 감기약을 먹고 일찍 잤는데도 밤새 열이 나고 지금껏 일어나지를 못하고 있다. 이곳까지 오는 동안 몸과 마음이 너무 지치고

루사 순히 바라보다

아파서 쉽게 일어나지를 못하고 있는 것이 분명했다.

상훈은 아픈 동생도 걱정이지만 어제 저녁 바닷가 고래 무덤 앞에서 마음먹었던 것과는 달리 지훈의 말처럼 아무리 생각해도 너무나 춥고 아무도 없는 이곳에 어머니를 모셔놓고 집으로 돌아갈 수가 없을 것만 같았다.

이런 저런 생각으로 머리 속이 복잡해지고 게다가 짙은 하얀 안개가 더욱 가슴을 답답하게 하였다.

"일찍 일어났군요. 앞도 안 보이는 안개 속에서 무얼 하고 있나요?"

부연 안개 속에서 노란 전지 불빛과 함께 정윤우의 목소리와 모습이 나타났다. 원주민들이 입는 동물 털가죽으로 된 모자가 달린 방한 코트를 입고 발에는 무릎 밑까지 오는 긴 검정 가죽 장화를 신고 손에는 커다란 랜턴이 들려 있었다. 상훈은 정윤우의 옷차림을 보고 물었다.

"예, 선생님께서도 일찍 일어나셨나 봐요. 어느새 아침 산책을 갔다가 오시는가 봅니다. 그런데 걱정이에요. 안개가 이렇게 많이 끼어서 비행기 운행이 가능할까요? 알래스카 에어라인에 연락하여 비행기표를 연기해야 할 것 같아요."

"걱정 말고 조금만 기다려 봐요. 이 정도의 안개면 한낮이 되면 깨끗이 걷히니까. 훼어뱅크로 가는 비행기는 오전에 오니까 조금 지장이 있을지 몰라도 데드홀스 비행기는 오후에 오니까 전혀 지장이 없을 거예요. 그건 그렇고 동생은 좀 어때요? 아직도 많이 아파요? 어제 밤, 늦게까지 잠들을 못 자는 것 같던데. 여기 보건소 간호원 집에서 감기 몸살 약을 얻어오는 길이니까 들어가서 얼른 약을 먹이도록 하세요. 그리고 이곳 원주민들이 목감기 몸살에 쓰는 민간요법 약도 얻어 오긴 했는데, 조금 찜찜하지요? 낫기는 아주 잘 낫는데 원주민들의 민간요법이라서 젊은 사람들은 별로 안 좋아 할 것 같군요. 아침 안개 속에 오래 있으면 몸에 아주 안 좋아요. 이러다가 상훈 씨까지 감기 걸릴까 봐 걱정되는군요. 기온이 어제보다 많이 내려가서 추우니까 빨리 안으로 들어갑시다."

윤우 자신의 몸 컨디션도 좋지가 않으면서 일기도 나쁜 이른 새벽에 나가서 지훈을 위하여 약을 구해오고, 상훈을 진심으로 걱정해주는 윤우의 정성 앞에 상훈은 무슨 말을 어떻게 해야 좋을지 몰라 아무 대답도 못하고 멍하니 서 있었다.

상훈의 기억 속에는 아버지가 의사인데도 식구들이 아프다는 사실조차 몰랐을 정도로 무관심했다.

로사 순희 바라보다

언제나 그들이 병이 나면 어머니 혼자 밤새워 간호하고 병원에 데려갔었다. 마치 그들은 홀어머니의 자식들처럼 아버지의 자상함이라는 것은 전혀 모른 채 지금껏 자라고 살아 왔다.

사춘기 때 어머니의 완벽한 사랑과 정성으로도 채워지지 않는 아버지만이 해결해 줄 수 있는 몫을 언제나 타인과 같고 아웃사이더였던 아버지에게서 얻지를 못하여 얼마나 갈증을 느끼고 방황을 했던가?

항상 다른 친구들의 자상한 아버지를 부러워하면서 나중에 나는 자식들과 아내에게 절대로 우리 아버지와 같은 아버지가 되지 않겠다고 다짐했었다.

그런데 낯선 곳에서 아버지와 같은 남자 어른이 어머니가 그들에게 해주었던 것과 같이 정성을 다하여 진심으로 지극히 보살펴 주는 것을 알았을 때 그 정성을 어떻게 받아드려야 할지 무척 당혹스러웠다.

윤우의 친절이 상훈은 솔직히 많이 부담스럽다고 느꼈지만 진심은 항상 어느 누구에게나 통하는 것인지라 어느 사이에 차갑게 얼었던 그들의 마음을 서서히 녹여주고 있었다.

상훈은 윤우의 뒤를 따라 안으로 들어왔다.

따뜻한 실내에 들어오니 차가운 안개 속에서 얼었던 얼굴이 녹아서 화끈 달아올랐다. 상훈은 왠지 멋적은 마음이 들어서 윤우를 쳐다보았다.

언제부터인지 물끄러미 자신을 바라보고 있던 윤우와 눈이 마주쳤다.

부연 안개 속에서는 몰랐는데 불빛이 환한 곳에서 보니 자신을 바라보는 윤우의 눈빛이 너무나 슬퍼 보이고 하루 사이에 눈에 띄게 핼쑥해진 그의 얼굴을 보니 갑자기 상훈은 자신도 모르게 뜨거운 눈물이 눈에 핑 돌았다.

그리고 자신의 눈물을 윤우에게 들킬까 봐 얼른 돌아서서 소매 끝으로 닦았다. 자신을 바라보던 윤우의 슬픈 눈빛 속에서 임종의 시간이 다가왔던 어머니의 마지막 모습이 떠올라 가슴에서 슬픔이 밀려올라 왔었다.

상훈은 윤우가 말없이 코트 주머니에서 꺼내어 건네주는 지훈의 약 봉투를 미안하고 송구스러운 마음으로 받아들었다.

"동생이 깼는지 보고 같이 식당으로 가겠습니다. 빈속에 약을 먹게 할 수 없으니 아침식사부터 해야겠어요. 이익, 성말 고맙습니다."

　　　　　　　　　　　　　　　로사 순희 바라보다

지훈이는 열이 올라 얼굴이 벌겋게 달아 오른 채 아직도 못 일어나고 자고 있었다. 상훈은 지훈을 흔들어 깨웠다.

"지훈아, 그만 정신차리고 일어나라. 정 선생님이 네 약을 구해오셨다. 우선 아침부터 먹고 얼른 이 약을 먹자. 네가 빨리 정신차리고 자리에 서 일어나야 오늘 집에 돌아가지."

지훈을 일으켜 앉혔다.

"형아, 나 지금 엄마랑 바닷가에 같이 갔다가 왔다. 이제 엄마는 하나도 안 아픈가봐. 엄마가 내가 좋아하는 하얀 투피스를 입고 환하게 웃어 주면서 나를 꼭 껴안아 주었어. 형, 엄마가 그렇게 환하게 미소 짓는 것 정말 오래 간만에 봤다. 돌아가시기 전 거의 몇 년 동안 엄마가 그렇게 환하게 웃는 것을 본 적이 없었거든. 엄마가 가신 곳은 아주 편안하고 좋은 곳인가 봐. 잃었던 엄마의 환한 미소를 되찾아 주었으니……."

하던 말도 마저 못 마치고 상훈의 가슴에 얼굴을 파묻고 지훈은 엄마가 너무 보고 싶어서 엉엉 소리 내서 울었다.

"그만 그쳐라. 이제 우리 어머니는 안심해도 되겠다. 아주 좋은 곳으로 가셨으니. 그런데 정말 샘, 난다. 어머니가 왜 너한테만 오시고 나한테는……. 이건 말도 안돼. 어머니가 너보다 나를 더 사랑하는 줄 알았는데 아니었나봐. 지훈아, 이건 형이 농담한 것이고, 네가 너무 많이 어머니가 보고 싶어서 병까지 나고 상심하니까 이제는 어머니 걱정하지 말고 빨리 병이 나아서 일어나라고 어머니가 오셨었는가 보다. 그지? 그러니까 그만 울고 일어나서 씻고 아침 먹으러 가자."

상훈은 너무 슬프게 우는 동생을 달래놓고 서랍장 위에 놓여있는 어머니의 사진을 바라보았다. 오늘따라 어머니의 환하고 해맑은 미소가 왜 슬프게 느껴지는지 모르겠다.

어느 날 초등학교 때 어머니가 보고 계시던 미술 책에서 처음으로 어머니가 좋아하는 고흐의 '해바라기'를 보았을 때, 어머니는 상훈에게 "눈부시도록 환한 이 노란색이 너무나 좋아서 어머니는 화가 중에서 반 고흐를 가장 좋아하고 특히 그 중에서도 이 해바라기를 제일 좋아한단다." 말씀하셨다.

그러나 그때 상훈은 테이블 위에 놓여져 있는 노란 해바라기가 왜 그렇게 쓸쓸하고 슬프게 보였는지 모른다.

어머니는 눈부시게 환하여 좋다는 노란색이 어린 그의 눈에는 그 노란색 해바라기가 너무나도 쓸쓸하고 슬프게 보였던 것이 문득 기억이 났다.

재작년 여름, 독일로 어학연수를 가는 길에 상훈은 일부러 네덜란드 암스테르담을 들렀다. 그리고 제일 먼저 고흐박물관을 갔다. 그리고 '해바라기' 그림을 찾았다. 왜 어머니는 밝아서 좋다는 노란색이 어린 그에게는 그토록 슬프게 보였었는지, 그리고 나이가 들어 원화로 그 그림을 다시 보면 느낌이 어떨까? 궁금하여 박물관에 도착하여 제일 먼저 '해바라기'를 찾았다.

어렸을 때 처음 보았던 인상파 화가 화집 중의 고흐 '해바라기' 그림보다 어머니의 말대로 고흐가 그린 원화는 더 눈부시게 빛나는 밝고 환한 노란색의 '해바라기'였다.

그러나 그림을 보는 순간 그에게 느껴졌던 노란 '해바라기' 원화의 느낌은 여전히 '진한 슬픔과 고독'이었다. 강렬한 노란색에서 뿜어지는 진한 슬픔과 고독 때문에 눈물까지 핑 돌았었다.

지금 상훈은 그때 고흐박물관에서 해바라기를 보았을 때처럼 늘 보아온 사진 속 어머니의 환한 미소가 오늘따라 슬프게 느껴지는 것은 어쩐 일일까? 궁금했다. 윤우의 슬픈 눈빛과 엄마의 슬픈 미소, 그리고 눈물이 나도록 슬펐던 눈부시게 환한 노란 고흐의 '해바라기'가 왜 겹쳐서 같은 슬픔으로 느껴지는 것인지 알 수가 없었다.

지훈과 함께 식당으로 가면서도 그 슬픔의 의문이 상훈의 머리 속에는 떠나질 않았다. 그러나 식당에 차려진 아침 식사와 힘없이 식탁에 앉아 있는 윤우를 보는 순간 상훈은 그 의문의 답을 찾을 수가 있었다.

미역국을 곁들인 한식으로 아침식사를 차리고 지훈이를 위해 야채 소고기 죽을 끓여서 따로 차려놓았다.

그들이 아프면 언제나 어머니가 끓여주던 그 죽을 지구 땅 끝인 이 캑토빅에서 먹게 될 줄은 정말 꿈에서도 생각하지 못했던 것이다.

오늘이 어머니 생일이라고 상훈이 말했던 것을 기억하고 새벽부터 아니 어쩌면 어제 저녁 한 숨도 못 자면서 한식으로 그들을 위하여 음식을 만들어 아침식사를 차리고 게다가 미역국까지 끓여 준비하여 놓은 것을 보았다.

윤우에게 너무 고맙고 감격스러워 그들은 눈물이 앞을 가려서 밥을 먹을 수가 없었다.

면도를 못해 수염이 헬쑥한 얼굴을 검게 덮어서 더 꺼칠하고 지친 모습으로 앞에 앉아서 어머니가 살아오신 것과 같이 그들에게 아침식사를 조금이라도 더 먹게 하려고 애쓰고 있는 윤우를 보았다.

그런 윤우를 보면서 상훈은 왜 어머니가 그토록 윤우와 이곳을 그리워하면서도 캑토빅에 안 계시고 데드홀스에 계셨었다가 집으로 다시 돌아 오셨는가를 이제서야 이해가 갔다.

그리고 가시는 마지막까지도 정윤우와 캑토빅에 대하여 한 마디 말도 없이 가슴에 묻고 가신 이유를 비로소 알 것만 같았다.

7

아침 식사를 마치고 윤우의 주관으로 어머니 생일 추모 세배를 드렸다

그리고 상훈과 지훈은 이곳을 떠나기 전에 마지막으로 어머니에게 한번 더 캑토빅을 보여드리고 싶어 윤우에게 부탁을 하여 어머니를 모시고 윤우와 함께 전에 어머니도 탔던 빨간 포드 트럭을 타고 밖으로 나왔다.

호텔 밖은 어느새 윤우가 말한대로 정말 아침에는 10m

전방도 잘 안보이던 그 짙은 안개가 거짓말처럼 걷히고 구름 한 점 없이 이가 시리도록 파란 하늘이 나타나서 그들을 맞이했다.

파란 하늘 밑의 북극 세상은 어제 밤새 내린 눈으로 새하얗게 변해 있었다.

윤우는 처음 채린이 이곳을 왔을 때 동네 구경을 시켜 준 것과 같이 채린과 그녀의 두 아들에게 다시 한번 하나하나 설명을 하며 돌아보았다.

"여기는 학교이고 그 규모는 도시의 학교들과는 비교를 할 수 없지만 체육시설, 도서관, 최신 과학교육 시설 및 컴퓨터 교육을 위해 알래스카 주 정부와 캑토빅 시에서 가장 관심을 가지고 2세들을 위하여 투자를 아끼지 않는 곳이에요. 올림픽 경기사이즈의 수영장도 있어요. 옆은 전에 내가 근무했던 우체국이고 그 뒤의 큰 하얀 건물은 시청과 법원, 경찰서와 소방서가 함께 있는 관공서 건물입니다. 그리고 그 옆에 있는 것은 보건서 겸 병원입니다. 병원에는 상근 간호사가 2명이 있고 매주 월요일과 목요일에 훼어뱅크 주립병원에서 순회 의사가 진료를 나옵니다. 그리고 서기 있는 이층 건물처럼 생긴 건물은 일층에는 세탁실과 공중 샤워장이 있고 이층에는 레크리에이션

센터와 공연장, 그리고 영화관이 있어요."

여기까지 설명을 하는데 채린과 같이 같던 교회가 나오고 채린이 처음 이곳에 왔을 때 묵으려고 했던 캑토빅 호텔이 나오고 그들을 태운 트럭은 그 앞을 지나갔다. 저 멀리 활주로가 병목같이 길다랗게 생긴 비행장이 보인다.

그리고 윤우의 귀에 '저기 궁금한 것이 하나 있는데요. 왜 이곳의 건물들에는 모두 다리들이 있나요?' 하고 묻는 채린의 목소리가 들려왔다.

"채린 씨, 그것이 그렇게 궁금했어요? 이곳 건물들은 왜 모두 다리가 있냐 하면요 그 이유는 이곳이 툰드라 지대이기 때문에……."

앞만 보면서 이야기를 하던 윤우는 갑자기 온몸에 느껴지는 긴장감과 무거운 적막감에 하던 이야기를 멈추고 옆에 앉은 채린을 쳐다보았다.

그런데 그의 옆에 앉아 있던 채린은 간 곳 없고 두 젊은이들이 앉아서 한결 같이 '저 아저씨가 지금 도대체 무슨 이야기를 하고 있나?' 하는 의아한 표정을 하고 그를 쳐다보고 있었다.

순간 윤우는 지금 자기가 두 젊은이들에게 동네 구경을 시켜주고 있었던 것이 아니라 채린에게 동네 설명을 해주고 있었다는 것을 알아차렸다.

그리고 지금껏 자기가 설명을 해주고 옆에 같이 있었던 채린은 이제는 살아 숨쉬는 살아있는 채린이 아니라 한줌의 재로 변하여 돌아온 싸늘한 채린 이라는 것을 말이다.

가슴 깊은 곳에서 복받쳐 오는 진한 슬픔에 눈앞이 부옇게 흐려진다.

옆에 앉아 있는 상훈과 지훈에게까지 윤우의 그 진한 슬픔이 전하여졌다.

트럭이 비행장이 보이는 길 앞에서 바닷가로 가는 길로 꺾어 들어갔다.

흰눈이 덮인 바닷가는 어디가 길이고 어디가 모래사장인지 상훈은 전혀 알 수가 없지만 윤우는 눈감고도 이곳을 운전하는 듯 너무 잘 알아서 고래무덤 바로 앞, 가장 가까운 곳에 차를 대주었다.

"이곳이 어머니가 즐겨 오시던 곳입니다. 아마 어머니도 지금 우리와 함께 이곳에 계실 거에요. 그리고 이곳에 계시길 원하실 겁니다."

말하고 차에서 내리지 않고 그대로 앉아서 앞에 보이는 고래 풍상 무덤을 바라보았다. 그들이 어머니의 영정과 유골 항아리가 들어있는 나무함을 가지고 차에서 내려도 윤우는 넋이 나간 사람처럼 멍하니 앞만 보고 있었다.

상훈이 나무함을 열어서 어머니의 유골이 들어 있는 유골 항아리를 꺼냈다. 그리고 주머니에서 하얀 장갑을 꺼내서 손에 끼고 항아리를 가슴에 안고 고래무덤 앞에 섰다.

지훈도 엄마의 영정을 가슴에 안은 채 형의 뒤를 따라와 옆에 섰다.

이제 그들은 사랑하는 어머니를 이 세상에서 계실 때 그리워하고 오시고 싶어 하셨던 곳이고 세상에서 가장 깨끗하고 오염되지 않은 순수한 곳인 이곳에 보내드리려고 섰다.

상훈이 어머니를 보내 드리려고 항아리에 손을 넣으려는 순간 비명과 같이 절규하는 윤우의 목소리가 들렸다.

"안돼! 잠깐만 기다려 줘. 채린이를 그렇게 보낼 수는 없어……. 지금 여기는 너무 추워서 안돼. 어머니를 이 추운 곳에서 혼자 있게 할 수 없네. 추운 겨울 동안은 나와 함께 있다가 바다의 얼음이 녹고 아름다운 들꽃들이 피어나는 봄이 오면 그때 내가 어머니를 보내 드리면 안 될까? 내 간곡한 소원이니 제발 거절하지 말고 한번만 들어주게나."

윤우는 추워서 파리하고 창백한 얼굴로 고래무덤 앞에서 떨고 서 있는 채린을 보았다. 그 모습이 너무도 가엾고 애처러워 윤우는 달려와서 가슴에 꼭 껴안아주었다.

'채린아, 걱정하지마. 다시는 너를 아무 데도 혼자 보내지 않을 거다.'

어느 틈에 윤우는 상훈이 들고 있는 어머니의 유골 항아리를 빼앗아 가슴에 꼭 껴안고 간절한 눈빛으로 상훈과 지훈을 바라보며 애원을 했다.

나이 어린 채린의 아들들이 지켜보고 있다는 사실도 잊은 채 채린을 가슴에 안고 차가운 눈밭에 주저앉아 소리 내어 울었다.

윤우가 채린을 부르며 우는 모습은 마치 암컷을 잃은 한 마리의 북극 흰곰 수컷이 죽은 암컷을 못 잊고 그리워하며 포효하는 것 같았다.

윤우의 울음소리가 고래무덤에서 쉬고 있던 동물들을 깨워 놓은 것 같다. 여러 마리의 갈매기가 푸드득 소리를 내며 놀라서 날아갔다.

이어서 이름을 알 수 없는 갈매기보다는 조금 더 크고 깃털이 눈처럼 하얀 새 한 마리가 같이 놀던 갈매기 떼들은 다 날아갔는데 혼자만 남아서 떠나지를 못하고 그들과 고래무덤을 위를 맴돌고 있었다.

마치 어머니의 영혼이 하얀 바다 새가 되어 자유롭게 길을 떠나가려다 너무나 애통해하며 붙잡는 윤우를 뿌리치고 그대로 내버려두고는 차마 발길이 안 떨어져서 고래무덤과 그들의 머리 위를 맴도는 것만 같았다.

그들은 그 하얀 새가 한참을 그렇게 그들의 머리 위를 맴돌다 저쪽 먼 하늘로 떠나서 모습이 보이지 않을 때까지 하염없이 지켜보았다.

그리고 기도하였다. 다른 세상에서는 저 새보다도 더 자유롭게 사시라고.

상훈은 윤우가 진정하길 기다렸다가 지훈이와 함께 그를 차로 부축하였다.

상훈은 윤우에게 트럭 키를 받아서 대신 트럭을 운전해서 호텔로 돌아왔다.

고래무덤 앞에서부터 호텔에 돌아올 때까지 어머니의 유골 항아리를 한순간도 가슴에 꼭 껴안고 내려놓지 않던 윤우가 그들이 묵고 있는 방 앞에 다다랐을 때 비로소 어머니의 유골 항아리를 상훈에게 건네주며 말했다.

"집에 가기 전까지 어머니를 이방에 모시고 함께 있어요. 어머니가 많이 보고 싶을 테니까."

말하고 돌아서서 휘적휘적 내실을 향하여 걸어가는 윤우의 그늘진 넓은 등은 서늘함이 느껴질 만큼 무척이나 쓸쓸하게 보였다.

　휘어진 복도 끝으로 윤우의 뒷모습이 사라질 때까지 상훈과 지훈은 말없이 어머니와 함께 그의 뒷모습을 지켜보았다.

　상훈은 방에 돌아와 어머니를 서랍장 위에 영정과 함께 다시 모셔 놓았다.

　지훈이는 감기 몸살이 더쳐서 무척 힘이 들었다. 아침에 윤우가 구해주었던 약을 다시 먹고서 그들이 밖에 나간 사이에 말끔하게 정리해 놓은 침대에 가서 누웠다. 그러나 지훈은 바닷가에서 윤우가 비통하게 울던 모습이 눈에서 지워지질 않고 가슴에 양각되어 아려온다. 눈을 감은 채 윤우와 엄마를 생각하였다. 상훈도 침대에 걸터앉아서 어머니의 영정을 보면서 지훈과 마찬가지로 어머니의 죽음으로 인하여 비통한 슬픔에 잠겨있는 윤우에 대하여 생각하였다. 어머니는 이미 윤우의 그 진한 슬픔에 대하여 알고 계셨다.

　어머니를 사랑하는 윤우의 마음이 얼마나 순수하고 깊은지도 알았다.

　　　　　　　　　　　로사 순희 바라보다

그런 윤우가 자신으로 인하여 슬픔에 빠지는 것을 원치 않았기 때문에, 마음 아파하는 것이 싫어 그래서 캑토빅을 떠나셨다.

다시 데드홀스에서 재회를 했을 때도 윤우를 따라 캑토빅으로 가지 않고 다시는 안 돌아가려고 떠나 온 시카고 집으로 다시 돌아왔다.

어머니 자신에게 남은 시간이 얼마 없다는 것을 알고 곧 다가올 자신의 죽음으로 인해 윤우에게 마음의 멍에가 되기를 원하지 않았다.

어머니는 윤우가 어떤 사람인지 누구보다도 잘 알고 있었기 때문이다.

마치 나이도, 모든 물리적인 조건, 모습은 다르지만 또 다른 자신을 보는 것 같은 느낌을 윤우를 처음 만나는 순간부터 느꼈던 것이다.

아마 두 사람은 등뼈가 붙은 이란성 쌍둥이처럼 죽어서까지 절대로 서로 다른 상대방의 모습은 볼 수 없고, 살아 있는 동안 서로 느끼고 생각하는 감정은 각각 다르지만 한 등뼈를 가지고 같이 움직이고 같이 숨쉬는 같은 사람이 아니었을까? 라는 생각이 상훈은 문득 들었다.

그랬기 때문에 어머니는 마지막 순간까지 윤우를 가슴

에 묻고 가셨던 거다.

거기까지 생각이 미치자 상훈은 갑자기 윤우도 이곳도 모두 두려워졌다. 자신의 잘못된 좁은 생각으로 인하여 어머니도 결코 원치 않았던 불행과 슬픔을 윤우에게 가져온 것이 아닐까? 하는 두려운 생각이 들었다.

그러나 상훈은 머리를 도리질쳤다. 이 자신의 실수로 절대로 그런 일이 일어나서는 안 된다고.

방문을 노크하는 소리가 들렸다. 상훈이 문을 열었다. 주방의 마이크가 그들의 점심을 방으로 가져왔다.

"아니, 벌써 점심인가요? 식당으로 오라고 연락하지 그랬어요. 이렇게 수고스럽게 방으로까지 가져오지 않아도 되는데…… 마이크, 고마와요. 해리스에게도 고맙게 잘 먹겠다고 전해주세요."

마이크가 테이블에 차려놓은 점심을 보니 상훈이는 좋아하는 팔마시안 치즈를 듬뿍 넣은 해물 스파게티이고, 지훈의 것으로는 치킨 누들 스프와 온갖 해물과 야채를 다져서 끓인 해물 야채 죽이었다.

자고 있는 지훈을 깨워서 점심을 같이 먹었다.

해물 스파게티로 맛있게 점심식사를 마친 상훈은 데드홀스에서 오후 2시에 오기로 한 비행기를 타기 위해 가방을 꾸렸다.

바닷가에서 돌아와 다시 서랍장 위에 모셔 논 어머니의 유골 항아리와 영정을 내려서 이곳에 올 때 넣어 가지고 왔던 손가방 속에 다시 챙겨 넣으며 생각했다.

상훈이 이곳에 왔을 때는 어머니를 이 캑토빅에 모셔놓고 가려고 했는데 어머니가 이곳에 남아 계시므로 하여 윤우가 겪을 고통과 슬픔이 얼마 만큼인가를 안 이상 도저히 어머니를 이곳에 모셔두고 떠날 수가 없었다.

어머니는 결코 자신의 죽음으로 인하여 윤우를 슬프게 하는 것을 원하지 않는다는 것을 알았기 때문에 상훈은 이곳에 남겨진 어머니의 흔적은 모두 집으로 가져가야만 한다는 생각이 들었다.

이렇게 어머니의 흔적이 윤우의 곁에서 깨끗하게 없어지고, 또 시간이 흘러가면 언젠가는 윤우도 어머니에 대한 기억들을 언제까지나 슬픔으로 간직하지 않고 기쁘게 망각의 바다에다 멀리멀리 띄워 보낼 수 있을 것이다.

이별의 시간이 다가왔다.

상훈과 지훈은 내실에 들러 너무 상심하여 일어나지도 못하고 누워 있는 윤우에게 작별의 악수를 하였다. 이별의 슬픔으로 목이 메여 잘 가라는 말도 못하고 손만 꼭 잡아주는 윤우의 눈에 눈물이 가득 고이는 것을 보았다.

2박 3일 동안의 짧은 만남이었지만 혈육의 정이 느껴질 정도로 그들에게 베풀어 준 따뜻한 윤우의 정성은 죽을 때까지 영원히 잊지 못 할 것이다.

상훈은 그런 윤우의 상심한 모습을 보는 것이 너무 가슴이 아파서 얼른 뒤돌아서 방을 나왔다.

밖에 대기하고 있는 앤디의 차를 타고 비행장으로 향해 가는 동안 가슴속에서 외쳤다.

"북극 흰곰 아저씨, 우리를 잊고 힘내세요!"

지금 그들이 기다리는 있는 S&B 항공의 세스나 경비행기에 어머니를 함께 모시고 이곳을 떠나가면 다시는 이 캑토빅에 올 기회가 없을 것 같다.

아마도 지금 여기를 떠나면 윤우와 이곳 캑토빅과는 영원한 이별일 것이다.

어머니가 보고 싶을 때면 이 지구의 땅 끝 맨 북쪽 작은 마을, 캑토빅에 어머니와 닮은, 아니 또 다른 모습의 어머니와 같은 윤우가 살고 있다는 것이 생각날 테지…… 그도 어머니처럼 이곳의 모든 것을 그리워하겠지. 그리고 노란빛이 너무 슬퍼서 하얗게 바래버린 쓸쓸한 하얀 해바라기도.

로사 순히 바라보다

또 저 바닷가에 있는 하얀 북극곰들과 고래들의 풍장 무덤, 그 위를 맴도는 하얀 갈매기 떼들, 그리고 폐부까지 서늘하게 해주는 순도 100%의 오염되지 않은 순수한 캑토빅 공기. 모두 다 생각 날 것이다.

새하얀 바다 새가 되어 저쪽 좋은 세상으로 자유롭게 날아갔다고 믿고 싶은 사랑하는 어머니의 영혼인 하얀 새를 그들이 살아 숨쉬는 마지막까지 절대로 잊을 수가 없다는 것을 그들은 잘 알고 있었다.

여행 산문

모짜르트를 만나다
— 베를린

집에서 있을 때는 병든 병아리처럼 시름시름 맥을 못추는데 여행 가자는 이야기가 시작되면 내가 생각해도 신기할 정도로 활기가 넘치고 반짝반짝 한다.

이번 여행도 1달동안 기획하고 봄에 먼저 여행하고 온 재민이에게 이메일, 전화하여 물어보고 비행기, 기차, 숙소 예약 및 보아야 할 곳, 그곳의 역사,지리, 환경 등을 인터넷에서 뒤져 프린트하여 날짜별로 철하고 일정표 노트를 작성하여 내깐에는 완벽하게 준비를 하여 드디어 디데이가 다가와 출발하게 되었다.

길 떠나려고 하니 냉장고의 음식들이 문제다. 한 일주일 전부터 없앤다고 장도 안보고 노력을 했건만 아직도 치워야 할 것이 많이 남았다. 특히 계란이 문제다. 8개나 남았는데 고민하다가 어려서 소풍갈 때처럼 삶아가자고

로사 순희 바라보다

마음먹고 소금을 넉넉히 넣고 삶아서 가방에 넣었다. 드디어 9월 25일 아침, 옆집에 키를 맡기고 영희가 공항까지 데려다주어 프랑크푸르트 행 비행기를 탔다.

노스웨스트 마일리지를 사용한 관계로 클리블랜드에서 디트로이트, 디트로이트에서 프랑크푸르트, 아침 7시에 도착하면 베를린을 시작으로 30일 동안 기차로 여행을 하게 된다.

회사 일로 바쁘다고 내게 여행계획을 전부 맡기고 집을 나서는 순간부터 돌아올 때까지 전혀 일정을 모르는 남편에게 8시간 비행시간 동안 읽어보라고 프린트한 자료를 건네주었다.

베를린으로 가는 기차 안에서 일정표 노트와 자료를 찾으니 노트만 있고 자료가 없다.

하늘이 노래진다는 표현이 바로 이때 쓰여지나 보다. 남편이 대강 첫페이지만 읽고 졸리니 좌석 앞 포켓에 넣고 그냥 비행기에서 내린 것이다. 인터넷 검색하며 기억에 남는 것밖에는 자료가 없는데 앞으로 한 달을 어떻게 여행할 것인지…… 혹시 하며 가방, 배낭, 온갖 짐을 다

뒤집어 엎었건만 없다. 그런데 가방 안에서 어제 삶아 넣은 계란이 나오는 것이다. 너무 까맣게 잊고 있었던 삶은 달걀을 보는 순간 갑자기 웃음이 나왔다. 이제 우리의 나이가 이렇게 건망증이 심할 정도로 먹었다는 것을 실감하고, 미안해서 어쩔줄 모르는 남편에게 찾을 수 없는 자료는 잊어버리고, 기차 탔으니 삶은 계란으로 아침이나 먹자고 했지만 속으로는 달걀이 목이 메어올 정도로 걱정이 된다.

이렇게 우리의 유럽여행은 시작되었으며 그나마도 명수에게 배워서 일정표 노트에다 31일 간의 일정을 시간별로 적어놓은 것이 있어 다행이었다.

베를린에 도착하여 가방을 보관소에 맡기고, 다음 장소인 비엔나 밤 기차표를 예약하고 베를린 시내 관광에 나섰다. 자료가 없으니 가이드가 있는 이층 오픈버스 관광을 하기로 선택하고 거금(?)을 들여 시내를 둘러보며 남는 것이 사진밖에 없다는 남편 말대로 열심히 사진을 찍었다. 사진을 많이 올리고 싶어도 줄여서 올릴 줄을 몰라 그냥 올렸더니 처음에 올리고 싶었던 것은 안 올라가고 별로 맘에 안드는 것만 올라가서 수정을 하려고 하니 안

로사 순희 바라보다

된다.

리스본에서는 이메일과 사진이 올려져서 내 노트북이 문제가 아닌 것 같아 글쓰기를 시작했는데 우리집 인터넷이 문제인지 여전히 글이 안 올라가 사진과 글을 함께 쓸 수가 없어서 사진 아래 설명을 적어놓았다.

모짜르트를 만나다

— 비엔나 1

모짜르트를 만나다
— 비엔나 1

여행 전 날은 짐 싸고 기대에 부풀어서, 가는 날은 가슴이 설레어서, 비행기 안에서는 잠 못 자는 못된 습관 때문에 며칠동안 잠을 설치고 시작한 베를린 여행이 새로운 세계를 만난다는 기대감으로 피곤함도 잊은 채 밤 9시 30분 비엔나 서부역행 기차를 타면서 끝났다.

밤 기차, 침대 기차, 독일에서 오스트리아 비엔나 까지 두 나라를 달리는 기차, 10시간을 타는 기차.이런 단어들이 결혼 전까지 한강 이남은 물론 교외선도 1시간 이상은 기차를 못타보고 살아온 나에게는 언제나 기차여행은 너무 신이 나고 흥미진진하다. 1등 침대칸을 타려고 하니 가격이 너무 비싸다. 그런데 2등 좌석은 1/3가격이다. 침대기차를 타고 싶은데 어쩌나. 귓가에서 '첫날부터 끈 풀어놓고 쓰다가 어쩔려고 그러는지 모르겠다. 가져온 돈

로사 순희 바라보다

첫날 다 쓰면 앞으로 29일은 무엇으로 살래?' 남편의 잔소리가 맴돈다. '그래 앞으로 침대기차를 탈 기회는 몇 번 더 있으니까 오늘은 그냥 2등 좌석을 사자.'라고 생각하고 표를 예약했었다.

우리 좌석이 있는 여섯 명이 앉을 수 있는 2등 좌석칸은 생각보다 나쁘지 않았다. 양쪽 의자를 빼내니 침대가 되었다. 우선은 우리 자리를 침대로 만들어 남편이 눕고 나는 옆의 좌석에 앉았다가 자리 주인이 오면 내어줄려고 침대는 안 만들었다.

이미 재민이에게 정보는 얻었지만 1등 침대칸은 어떻게 생겼는지 눈으로 확인하고 싶어 옆 1등칸으로 가보았다. 한 방에 이층침대가 양쪽으로 있어 4명이 잘 수 있고 시트와 베개, 그리고 물과 휴지 등이 그물망 안에 있었다. 침대칸을 구경하고 내 자리로 돌아오면서 '이 나이에도 그런 게 호기심이 생기는 주책바가지.' 웃음이 나왔다.

다행이 비엔나에 도착할 때까지 아무도 우리 방에 오질 않아 침대를 두개 만들어 편하게 길게 누워서 올 수가 있었다. 물론 나는 잠을 못자고 꼬박 세우긴 했지만.

드디어 아침 7시 30분에 내가 너무도 가보고 싶었던 비엔나에 도착하였다. 특히 올해가 모짜르트 탄생 250주년이라서 잘즈부르크, 비엔나를 비롯한 오스트리아와 세계 각국에서 특별한 공연과 행사들이 많이 개최되고 있다고 들었기 때문에 더 오고 싶었고, 내가 보고 싶은 공연이 9월 28일에 있어 처음 일정으로 비엔나를 잡은 것이다.

이번 여행이 배낭여행이기도 하지만 유럽에서 달러의 가치가 너무 떨어져 경비가 만만치 않아 일단은 숙식비용을 줄일 수밖에 없어 인터넷에서 호텔보다 호스텔, 민박 쪽을 찾아 예약을 했었다. 도착하자마자 가는 약도는 잃어버렸으니 노트에 적어놓은 민박집 전화번호를 찾아 전화를 했더니 친절하게도 역까지 마중을 나와 주었다.

일단은 짐을 풀고 씻어야 했다. 2일 동안 비행기, 기차에서 밤을 세우고 고양이 세수만 하고 지내서 몰골이 말이 아니기 때문에.

너무도 인상이 좋은 민박집 젊은 부부가 한식으로 아침을 준비하여 주었다. 육개장 비슷한 국과 김치, 나물인지 샐러드인지 소속이 불분명한 반찬이건만 왜 그렇게도 꿀과 같이 맛이 있던지. 며칠 굶은 사람들처럼 정신없이 먹고 쉬지도 못하고 가벼운 복장으로 길을 나섰다.

　지도를 하나 얻어 가지고 나보다 더 신이 나서 앞장서며 '2일 동안에 비엔나를 다 둘러 보려면 꾸무럭거릴 시간이 없다고 재촉하는 남편과 함께 서역으로 갔다. 조금 전에 도착했을 때는 안보였던 것들이 이제는 눈에 들어오기 시작했다. 유럽 특유의 높지 않으면서 건물과 건물을 붙여 지은 것 하며, 멋진 모양의 고풍스런 가로등, 군데군데 둥근 돔 모양의 기둥으로 서 있는 공연과 전시를 알리는 포스터를 게시한 게시판, 여기 저기 놓여 있는 조형물들이 잠시 마치 내가 모짜르트가 살던 250년 전의 비엔나에 온 것과 같은 착각을 할 만큼 전 도시가 유적지로 잘 보존되고 있다.

　우선 1일 교통카드를 사가지고 지하철과 1번 트램을 타고 링 주변을 먼저 돌았다.

　한바퀴 돈 다음 주변에 박물관들과 오페라 하우스가 있는 오페라 길에 내려 걸어서 비엔나 시내관광을 시작했다.

모짜르트를 만나다

— 비엔나 2

모짜르트를 만나다
— 비엔나 2

비엔나 국립오페라 하우스로 갔다. 집에서부터 예약하고 싶었으나 우리집 인터넷으로 잘 되지를 않아 예약을 포기하고 왔던 9월 28일 공연하는 모차르트의 〈돈 조반니〉의 표를 사러 갔다. 전날이니까 좌석이 있으려니 했는데 완전 매진이란다.

1869년에 이 오페라하우스가 완공되어 모차르트의 〈돈 조반니〉로 막을 올렸었기 때문에 비엔나에 가면 꼭 모차르트의 오페라를 보고 싶었는데 마침 28일에 상연을 한다고 하여 여행 일정을 거기에 맞추었는데 완전 낭패였다.

표는 못 샀지만 이왕 왔으니 극장 안이라도 보고 싶어서 들어가려고 하니 못 들어가게 한다. 오늘은 내부 관광 투어가 없고 투어 날짜를 공고하면 투어 시작 20분 전에 4.5유로의 티켓을 사야한단다. 너무 어처구니가 없어 잠시 멍해졌다. 오늘 내일은 비엔나 필하모니도 연주가 없고 비엔 소년 합창단도 금요일, 우리가 비엔나를 떠나는 날 공연을 한단다. 각 극장의 9월 공연 일정을 뽑아 왔었는데 비엔나까지 왔다가 공연도 못 보고 간다고 생각하니 속이 상하고 짜증이 났다.

시립오페라하우스와 부르크 극장이라도 가서 공연 일정을 알아봐야겠다고 생각하고 극장 밖으로 나왔다. 밖의 건물 사진만 몇 장 찍고 국회의사당으로 갔다. 19세기 후반에 지은 이 건물은 아테네에서 자란 건축가 테오 필콘한젠이 그리스풍으로 장대하게 지었다. 8개의 둥근 기둥이 늘어선 입구에는 그리스 시대의 유명한 학자와 정치가들의 상이 서 있고 지붕 위에는 그리스 시대의 전차가 조각되어 있고 건물 정면에는 지혜의 여신인 아테네의 분수가 있었다. 의사당 안의 투어는 11시와 15시 두 번 있는데 마침 그때가 국회의 회기 중이라 없다고 한다.

건너편에 있는 시민정원으로 해서 부르크 문을 거쳐 헬렌(영웅) 광장에 갔다. 그 광장 주변에 호프부르크, 즉 구·신 왕궁들이 있고 왕실 정원, 승마학교, 왕실 박물관,

왕궁 예배당, 알베르티나(그래픽 아트 미술관)이 있었다.

19세기에 접어들면서 성벽이 철거되고 영웅광장, 미하엘 광장과 정원들이 만들어졌다고 한다. 나는 공연도 못 보는 대신 모든 박물관과 유적들을 관람하고 싶은데 남편이 브레이크를 건다.

48시간 안에는 불가능하니 왕궁들 중에 하나, 박물관, 미술관들 중에서 한개, 슈테판 대성당, 공연도 한 개, 보아야 할 곳을 정해 계획대로 신속하게 움직이잔다.

영웅광장에는 완전 시장판 같다. 그곳이 관광버스 등 모든 비엔나 관광의 시작 지점인가 보다. 광장에서 사진 몇 장 찍더니 이곳은 시내이니 내일 아침에 보고 오늘은 먼 곳에 있는 쉰브룬 궁전부터 가잔다. 내 계획대로 우겨봐야 소용없어 호프부르크의 관람은 내일로 미루고 쉰브룬 궁전을 갈 수 있는 버스가 서는 곳으로 갔다. 마침 그곳이 시립오페라 하우스 앞이었다. 얼른 가서 알아보니 오늘 저녁에 집시이야기를 극화한 오페라 공연이 있단다. 좌석이 있냐고 하니 75유로짜리 좌석만 남아 있단다.

알아듣지도 못하는 독일어로 하는 오페라를 150유로나 내고 관람하는 것은 절대 불가! 란다. 갑자기 피곤이 몰려오고 맥이 빠졌지만 어쩔 수 없이 공연 관람은 포기하고 버스정류소로 갔다.

지난 밤 기차에서 세우고 아침 9시에 나와서 쉬지 않고 걷고 긴장을 하고 지도를 보고 길을 찾으니 변소가 가고 싶다. 지나가는 사람들에게 겨우 물어 지하철역에 있는 화장실을 가니 돈을 내란다. 유럽은 왜 이러냐고 불평을 하며 50센트니까 둘이서 1유로를 내고 볼 일을 보고 돈 낸 것이 억울해서 손도 두 번씩 씻고 변기 물도 두 번이나 내렸다. 부어오른 내가 안 됐는지 지하도 안에 있는 스시집을 보더니 점심을 사준다고 한다. 사준다고 할 때 얼른 먹어야지 괜히 투정부려 남편 맘 변하면 나만 손해다. 스시와 마끼들을 만들어서 냉장케이스에 넣고 팔아서 투고를 할 수가 있었다.

나는 물론 디럭스 스시, 남편은 불고기가 든 마끼 세트를 주문하여 쇤브룬 궁전 가는 버스 시간이 다 되어 정류소로 뛰어갔다.

버스에 타고 비엔나 시내를 구경하고 유적처럼 보이는 것들은 다 찍고 잘 보존하고 있는 아름다운 시내의 건축

물들을 구경하는 것으로 부어올랐던 내 입이 가라앉았다.

쇤브룬 궁전에 도착, 정문을 거쳐 안으로 들어가니 그 규모가 너무 어마어마하여 입이 딱 벌어진다. 이 광대한 궁전 외에도 마차박물관, 궁전 극장, 전몰자 기념관인 글로리아떼, 식물원, 온실, 동물원 그리고 정원이 있었다.

쇤브룬은 '아름다운 샘'이라는 뜻이며 마티아스 황제가 이곳 숲의 사냥터에서 샘을 발견한 데서 유래되었다. 이 성은 1696년 레오폴드1세가 프랑스의 베르사유 궁전을 본떠 건설하기 시작하여 18세기 중엽 마리아테레지아 시대까지 이어져 완성되었을 때는 1441개실의 대궁전이 되었다고 한다.

함스부르크 가의 여름 별궁으로 너무나 아름답게 조경된 정원, 그리고 4단으로 되어 있는 거대한 넵튠 분수, 저 멀리 언덕 위에 보이는 글로리에테, 모두가 그 시대의 부와 권력을 잘 나타내고 있었다. 정원 옆에 있는 온실, 분수 옆에 있는 동물원, 로마시대의 유적들 하며 어느 하나 내 마음을 흔들어 놓지 않는 것이 없었다.

분수에서 글로리에테까지는 가파른 언덕이었는데 양

로사 순희 바라보다

옆으로 지그재그로 조경된 길을 만들어 경사를 완만하게 하였다. 숨이 턱에까지 차면서 올라간 언덕에 웅장하게 서 있는 글로리에테, 전몰자 기념관까지 올라가니 서늘한 소슬바람과 함께 눈앞에 펼쳐지는 파노라마는 말로 표현할 수가 없다. 형형색색으로 아름답게 꾸며진 정원을 앞에 두고 펼쳐지는 궁전의 전경을 바라볼 수가 있었다.

땀을 식힌 후 글로리에테 안에 멋진 카페가 있어 들어가 커피와 맥주, 그리고 물을 시키고 사들고 간 스시와 마끼를 펼쳐놓고 아름다운 정원과 장대한 궁전을 바라보며 먹은 스시 맛은 잊을 수가 없다.

늦은 점심을 먹고 일어나 밖에 나오니 빗방울이 떨어지기 시작하더니 순식간에 소나기로 변하여 쏟아진다. 그러나 우리 둘은 그 소나기를 맞으며 정원과 궁전 위에 아름답게 선 무지개에게 반하여 카메라 샷터를 눌렀다. 올라올 때는 숨이 차고 시간이 오래 걸렸는데 내려갈 때는 비 때문에 단숨에 뛰어내려갔다. 비가 그칠 기미가 없어 동물원과 식물원, 온실 구경은 포기하고 궁전 안과 마차박물관을 관람하였다.

궁전 내부를 공개하고 있는 것은 2층의 일부분이었고 중앙에는 축하 행사용 그랜드 홀과 응접실, 서관에는 프란츠 요제프와 엘리자베트의 살롱이, 동관에는 마리아 테레지아와 프란츠 카롤 대공의 살롱이 있었다.

모두 39개의 크고 작은 방 중에서 가장 인상에 남는 방은 마리아 테레지아의 막내 딸로 프랑스의 루이 16세와 결혼하여 대혁명 때 단두대에서 처형당한 마리 앙투아네트의 어린시절 모습이 걸려 있는 마리의 방과 어린 모차르트가 마리아 테레지아 앞에서 피아노를 연주하여 대성공을 거두고 모차르트는 그녀의 마음에 들어 비로소 데뷔를 하게 되었던 연주회를 한 방, 바로 거울의 방이었다. 그리고 어린이 방에는 마리아 테레지아가 낳은 딸들의 초상화가 있었던 것이 인상적이었다.

궁전을 둘러보며 합스부르크 가의 여황제 마리아 테레지아가 얼마나 대단한 여인이었던가를 느꼈다.

왕궁 한쪽 건물 안에 합스부르크 가의 마차, 썰매, 유모차 등이 전시되어 있는 마차박물관으로 가서 요제프 2세의 대관식에 사용된 황금 마차와 마리아 테레지아의 부왕 카를 6세의 대관식에 사용된 왕관 모양으로 만든 황금 마

로사 순희 바라보다

차를 보고 또 한번 함스부르크 가의 부와 권력이 어느 정도였는가를 느낄 수 있었다. 궁전을 나오면서 왼쪽에 자리 잡고 있는 마리아 테레지아가 세운 함스부르크 가의 전용 궁전 극장이 있었는데 여름에는 이곳에서 음악회가 열린다고 한다. 외벽이 짙은 황금색으로 칠해진 이 쇤브룬 궁전 길이는 180미터라고 하여 마치 내가 마리아 테레지아가 된 양 좌측 끝에서 우측 끝까지 도도하게 걸어보았다.

모짜르트를 만나다

—비엔나 3

모짜르트를 만나다
— 비엔나 3

어느새 저녁 5시 30분이 되어 우리는 다시 버스를 타고 시내로 들어와서 슈테판 성당으로 갔다. 낮에 그냥 스치기만한 성당은 무척 웅장하고 컸다. 모자이크 지붕이 너무 특이하였다. 성당 네이브의 길이는 107미터, 높이는 39미터이고 비엔나 시내가 다 보일 것 같은 높이 137미터의 장엄하게 우뚝 솟은 남탑과 오스만 투르크군이 남기고 간 180개의 대포를 녹여 만든 큰 종이 있는 북탑, 함스부르크 가의 역대 황제의 내장이 안치된 지하 납골당(카타콤베)으로 된 고딕 양식의 건물이다.

12세기 중엽 로마 네스크 양식의 작은 교회가 건설되었는데 14세기의 루돌프4세에 의해 고딕 양식의 대성당으로 개축되었다고 한다. 무척 어두운 실내지만 성당 내부의 찬란함과 웅장함으로도 이 나라가 가틀릭 국기인 것을 알 수 있었다.

지하의 카타콤베는 하루 두 번(10시, 13:30)에만 들어갈 수 있어 저녁 6시가 넘어서 도착한 우리는 들어가 보지는 못하고 영어로 된 팜플렛만 하나 얻어가지고 왔다.

　성모마리아 앞에 촛불 봉헌을 하고 성체 조배를 한 다음 거리로 나왔는데 가까운데 서 미사 시작을 알리는 종소리가 들려 그 종소리를 따라가니 작은 건물 안에 있는 작은 교회당이었다. 알아들을 수 없는 독일어 미사지만 저녁미사를 낯선 이국인들과 함께 보고 나오니 가슴 가득 따뜻한 무엇이 찬다. 미사를 본 건물이 바로 모차르트가 3년간 살면서 〈피가로의 결혼〉을 작곡한 피가로 하우스였다.

　현재 기념관으로 공개되고 있으며 모차르트의 초상화와 악보가 전시되어 있다고 하는데 이곳도 저녁 6시에 문을 닫아 건물 앞뜰에서 왔다간 기념으로 사진만 한 장 찍고 왔다.

　피가로 하우스에서 나와. 삼위일체상과 하스 하우스(한스 홀라인이 1990년 설계한 건물)가 있는 번화하고 복잡한 그라벤 거리를 걸었다. 오늘 저녁은 비엔나의 전통요리를 하는 유명한 레스토랑에서 먹으려고 약도를 뽑아놓았는데, 도무지 식당 이름이 생각나지를 않는다. 한 30분을 그라벤에서 슈테판 성당 뒷골목을 왔다 갔다 해도 바이슬이란 이름은 기억이 나는데 더 이상 생각이 나질 않아 아무 식당이나 들어가서 저녁을 해결하기로 했다. 슈테판 성당 뒤에 있는 식당인데 길에서 쿠폰을 나누어주어 받아두었는데 이렇게 유용하게 쓰일 줄이야……. 그곳을 찾아가서 내가 아는 오직 두 가지 오스트리아 요리 이름, 슈니첼과 굴라슈를 주문하니 어떤 슈니텔을 원하냐고 묻는 것 같다. 슈니텔에도 여러 가지가 있나보다. 그런데 고등학교 때 독일어를 했다는 우리 남편은 나보다도 더 못 알아듣고 무조건 나보고 음식을 주문하고 자기는 목이 마르니까 맥주부터 주문해 달란다.

메뉴를 보니 비너 슈니첼이 있다. 어림잡아 이건 비엔나식이 아닐까 하고 그것과 굴라슈를 달라고 영어로 주문을 하니 못 알아들어서 손가락으로 메뉴를 가리키고 맥주는 옆에 사람이 마시고 있어 그것을 가리켜서 주문을 완료.

나중에 음식이 왔는데 완전 성공! 비너슈니첼은 비엔나식 비프커틀렛이고 야채와 감자를 곁들여 푸짐하게 나왔

다. 움푹한 스프 그릇에 빵과 함께 나오는 굴라슈는 비프
스튜와 비슷한데 우리 입맛에 맞고 맛이 괜찮았다. 하루
종일 걸어서인지 식당에 앉아 저녁을 먹으니 몸이 나른해
지고 가라앉는 것 같이 까부러진다.

민박집 주인이 알려준 하스하우스 6층에 있는 카페 '오
닉스'에 가서 따뜻한 차 한 잔을 마셔야 할 텐데 이대로라
면 카페는 고사하고 민박집 가기도 힘들 것 같다. 그러나
오늘 한 것도 많지만 못한 것도 너무 많다. 늦어서 못하고
돈이 비싸서 못하고, 매진되서 못하고…… 그러니 마지
막 코스인 카페 오닉스에 가서 차는 꼭 마시고 가야겠다
고 마음먹고 힘차게 일어나 카페로 향했다.
99%가 젊은이들인 카페 오닉스에서 용감하게 우리는
커피와 블랙티를 주문하여 마시고 슈테판 성당역에서 지
하철을 타고 서역에 있는 민박집으로 돌아왔다.

모짜르트를 만나다

— 비엔나 4

모짜르트를 만나다
— 비엔나 4

내일 아침 6시 20분 발 기차로 부다페스트로 가야 하기 때문에 비엔나에서 남은 24시간 동안 최대한 많은 곳을 보아야겠기에 아침 일찍부터 서둘렀다. 민박집 아침식사 시간이 7시부터란다. 첫 수저를 들면서 웃음이 나왔다. '시장이 반찬'이라는 옛말이 하나도 틀린 것이 없다. 어제는 그래도 먹을 만해서 다 비웠던 김치, 나물(?)이 오늘은 도저히 맛이 없어 먹을 수가 없다. 이정도의 음식솜씨로 민박집을 하고 있는 젊은 민박집 부부가 기특하여 다시 한번 쳐다보고 담아준 밥을 다 비우고 서둘러 길을 나섰다.

어제 다 못 본 호프부르크로 갔다. 정원 앞에 프란츠 1세 상이 세워져 있는 구왕궁과 함께의 아파드먼트를 보았다. 너무 일찍 그곳에 도착하여 개관시간 전이라 안은 구

로사 순희 바라보다

경할 수가 없어서 그 유명한 신성 로마제국의 보물관과 궁정 은식기를 컬렉션한 것을 볼 수 없었다.

미술을 전공한 사람이라면 반드시 봐야 한다는 알베르티나 미술관으로 갔다.

이 미술관에는 뒤러의 작품을 중심으로 소묘, 판화, 수채화 등 100만 점 이상이 전시되고 있다.

특별전으로 피카소 전시회가 열리고 있었다. 미술관 앞에서 머뭇거리는 나를 보고 전시회를 다 볼 시간이 없으니 하나만 고르라는 엄명(?)에 순순히 이 미술관은 포기하고 유럽 최대의 미술관 중 하나인 미술사 박물관을 선택하였다.

본인 말대로 잘 따라주니 엄청 흐뭇해하는 남편과 아우구스티너 교회를 지나 신 왕궁 쪽으로 건너왔다. 순순히 따라준 데는 나의 음모(?)가 있었다. 목요일은 저녁 9시까지 열고 2층에 있는 카페에서 저녁을 먹으면 9유로나 하는 입장료가 무료라는 것을 어제 밤 민박집 인터넷에서 정보를 입수. 오후에 미술관을 관람 후 아름다운 카페에서 우아하게 저녁을 먹고 싶었다.

국립도서관이 있는 뒤편에 잘 다듬어진 왕궁 정원이 있었다. 정원 한쪽 끝에 프란츠 요제프 황제의 동상이 있었다. 그가 통치했던 68년이 비엔나가 가장 번성했던 때이기에 그가 최후의 황제라는 것이 믿어지지 않았다. 다른 쪽에 높은음자리표 모양의 화단이 보이고 그 안에 모차르트의 동상이 있다. 모차르트가 오스트리아가 낳은 최고의 음악가라는 것이 실감났다. 동상 앞에는 아름다운 꽃들이 많이 봉헌되어 있었다.

링 거리 쪽 문으로 나와 건너편에 미술사 박물관과 자연사 박물관이 있는 마리아 테레지아 광장으로 갔다. 조경이 아름다운 광장을 사이에 두고 대칭으로 마주보고 서 있는 이 두 건물은 1881년에 완공한 신고전주의 건물이다. 바깥을 둘러보고 30분이나 남은 개관 시간을 기다리는 남편에게 오늘이 목요일이라서 박물관이 밤 9시까지 여니 오전에는 도나우 강 건너 유엔본부가 있는 우노시티와 비엔나의 숲이 있는 프라터를 가고 점심은 프라터에서 먹고 오후에 시내로 돌아와 박물관을 구경하는 효율적인 제안을 드리고 있었니(!!).

지하철을 타고 유엔 건물이 있는 kaisermuhien-vienna Int. Center역에서 내려 밖으로 나오니 눈앞에 흰빛에 가까운 밝는 회색 현대식 고층 빌딩이 나타났다. 안에는 들어갈 수 없다고 하여 입구에 있는 안내소에서 자료를 구하고 아쉬움을 남기고 나왔다.

마침 입구를 나오는데 프라터를 가는 버스가 지나간다. 무식한 시골 아주머니처럼 무작정 버스를 세워 탈 수가 있었다. 타고 보니 버스가 강을 건너가고 있다. 우리는 프라터를 갔다가 시내로 들어가는 버스를 잘못 탔던 것이다. 버스에서 내려 맞은편에서 다른 버스를 타고 프라터로 갔다.

그 곳에 도착한 나는 너무 실망을 했다. 아마도 나는 아마데우스에서 나오던 요한 슈트라우스의 월츠가 울러퍼질 것 같은 멋진 숲을 기대한 것이 아닐까? 버스가 내려준 그곳이 공원의 입구인데 조그마한 놀이기구들과 높은 탑이 하나 보인다. 탑이 보이는 그 옆에 박람회장이 있다고 한다. 안에 들어가 봐야 별거 없이 시간만 낭비할 것 같아 먹기로 한 점심도 포기하고 시내에 들어가서 유적이라도 하나 더 보자고 다시 시내로 나오는 버스를 탔다. 비엔나 시내 외곽의 모습을 달리는 버스 안에서 카메라에 담았다.

시내가 가까와지는데 오른쪽에 궁전이 보인다. 어딘 줄도 모르고 무조건 내려서 가보니 벨베데레 궁전이었다. 어제 쇤브룬 궁전을 관람하는 대신 관람을 포기했던 곳이다. 궁전 입구에 구스타프 클림프의 전시회 포스터가 걸려있다.

어제 쇤브룬 궁전에 완전 매료당한 남편에게 이곳도 유명한 궁전이니 들어가 보자고 제안하니 궁전이란 말 한마디에 무조건 OK!다.

어느새 오후 1시가 가까워선지 배가 고팠다. 아침 7시에 식사하고 오전 내내 걸어선지 끼를 걸러도 배고픈 것을 모른 내가 신기하게도 허기졌다. 둘러보니 길 건너편 코너에 제법 큰 식당이 눈에 띈다. 식당 밖의 테이블에 자리를 잡고, 음식을 주문 하는데 뭐가 뭔지 모르겠다. 마침 주문을 받으러 온 웨이트리스가 영어를 조금 할 줄 알기에 비엔나 전통요리가 어느 것인가를 물었더니 두 사람이 먹을 수 있는 고기로 된 전통 모듬 요리가 있단다. 점심인데 설마 비싸랴 싶어 얼마냐고 가격을 물어보지도 않고 음식을 시켰다. 샐러드와 스프가 나오는데 입이 딱 벌어졌다. 3개의 커다란 접시에 온갖 야채와 햄, 치즈, 감자샐러드처럼 각종 익힌 샐러드와 빵에 얹어 먹을 수도 있는 매콤한 야채소스. 빵도 맛있고 샐러드도 맛있고 다 맛있다.

고기를 시켰는데 왜 야채종류만 이렇게 거하게 나올까? 갑자기 불안해지기 시작한다.

이미 야채로 배는 다 채워져 배가 부른데 본 요리가 나오는 게 아닌가? 엄청 커다란 접시에 온갖 소스와 고기요리가 수북하게 담겨 나오는 것이다. '여지껏 배부르게 먹은 것이 전채요리였단 말인가? 이게 얼마짜리냐? 몰라…… 아니 값도 안 물어보고 음식을 시켰냐? 너는 정말 문제다! 이왕 시킨 거니까 맛있게 먹읍시다. 네가 시킨 거니 네가 다 먹어라 드디어 남편의 잔소리가 시작되니 가져온 요리가 맛이 있는지 어쩐지도 모르겠다. 음식이 맛있어 보여 조금씩 맛을 보니 정말 맛있다.

화가 나서 앉아있는 남편을 달래서 조금만 먹어보라고 해도 자기는 다 먹었단다. 값을 안 물어보고 음식을 시킨 것은 내 잘못이지만 내가 주문할 때 본인도 옆에 같이 앉아 있었는데 왜 이것이 나만의 잘못이란 말인가? 4년 동안 독일어를 했다는 사람이 독일어의 알파벳도 모르는 나에게 다 미루고 잘못되면 이런 식으로 화를 내니 정말 같이 다니기 무척 힘들다. 속에서는 부글부글 끓지만 그래도 내가 값을 안 묻고 제대로 주문을 못한 거니까 참자. 맘 좋은 김순희가 봐주자. 그러고 있는데 2단 실버 트레이에 후르트 칵테일, 아이스크림, 온갖 단 그리스식 디저트가 너무 예쁘게 담겨져 나왔다.

드디어 우리 남편이 폭발을 했다. "앞으로 3끼는 이 음식으로 대치하고 식사를 안 사먹는다!" 아이고 멋진 궁전에서의 우아한 저녁 식사는 물 건너갔구나. 그래도 싸가지고 갈 수 없는 물기가 있는 후르트 칵테일과 아이스크림만 먹고 식탁에 그득하게 남아 있는 음식은 포장해달라고 했다. 프라스틱 용기 3개에 가득 담아온 것을 보니 은근히 가격도 걱정되고 그 음식을 들고 다닐 것도 걱정이다.

가져온 체크를 보니 점심 값이 65유로이다. "아니 점심을 그렇게 먹고 다니다가 어떻게 하려고 그러니?" 툴툴거리며 돈을 지불하고 나오는 남편에게 "독일, 오스트리아 쪽 사람들은 점심을 우리 저녁처럼 2~3시간씩 거하게 먹고 저녁은 간단히 먹는다고 하니 우리도 오스트리아에 왔으니 이곳 사람들처럼 해보자." 나답지 않게 애교도 부려보지만 안 통한다. "네가 오스트리아 사람이냐?"

'그래도 벨베데레 궁전까지 왔는데 클림프 전시회는 보고 가야겠다.'고 음식은 식당에 맡기고 벨베데레 궁전을 갔다. 아래 궁전과 정원의 곳곳이 공사 중이어서인지 궁전 정원을 들어가는 입장료는 없고 구스타프 클림프의 기획전이 열리는 윗 궁전, 19, 20세기 회화관 만 7.5유로 입장료를 받았다. 전시회를 보겠다는 말도 못하고 클림프란 화가가 어떤 사람인가를 ,포스터에 있는 대표작 〈키스〉에 대하여 설명만 해주고 이 궁전은 영웅 광장에서 본 오이겐 공의 여름 별궁이었는데 그가 죽은 뒤 함스부르크 가에서 이 궁전을 매입해 미술수집품을 보관했다고 말해주었다.

윗 궁전과 아랫 궁전 사이의 완만한 언덕에 잘 가꾸어 놓은 프랑스식 정원과 윗 궁 뒷편에 있는 연못과 식물원은 지친 심신을 잠시나마 쉬게 해주었다.

궁전이 문 닫을 시간이 다가와서 우리는 트램을 타고 미술사 박물관으로 갔다. 저녁 식사를 포기하고 9유로의 입장료를 사가지고 육중한 문을 밀고 들어서는 순간 너무 아름다운 둥근 돔 형식의 천장, 검은색 대리석 기둥, 중간에 그리스 대리석 조각이 서 있는 화려한 대리석 정면 대계단…… 모든 것이 나를 황홀하게 하였다. 조금 전에 못 보고 온 클림프의 그림도 계단 위, 천정 가까이에 있었다.

우선 이층의 카페를 지나 램브란트의 그림이 있는 방부터 보기 시작하였다. 계단을 중심으로 왼쪽에는 네덜란드, 독일 회화들이, 오른쪽에는 이탈리아, 스페인, 프랑스의 회화들이 전시되어 있었다. 가장 인상에 남는 것은 화집에서만 보아온 한 방 가득히 걸려있는 브뢰겔의 작품이었다. 3층에는 특별 기획전으로 한쪽은 에니메이션을, 다른 한쪽에는 로마시대부터 19세기 각국의 동전, 기타 작은 소품들이 전시되고 있었다.

내려오면서 지나쳐온 1층과 2층의 중간에 있는 조각과 응용 미술의 전시관 또한 방대한 소장품에 놀랐다. 특히 이집트 소장실은 피라밋 하나를 몽땅 옮겨 놓은 것 같이 많은 관과 미이라를 비롯한 유물을 소장하고 있었다.

저녁 식사노 잊은 채 정신없이 박물관을 관람하다보니 미술관이 문을 닫을 9시가 되었다. 락커에 맡겨놓았던 음식과 짐을 찾아 밖으로 나오니 박물관 건물과 정원에 서 있는 조각상들에 아름답게 조명이 비춰 멋진 야경으로 더욱 운치있고 아름다운 예술의 도시가 환상적이다. 비엔나를 오랫동안 기억하게 할 것 같다.

무엇의 사랑

로사는 순희를
순희는 로사를 바라본다
세상 아픔의 기쁨을
사람 부조리를 바라본다
바라보다는
예술이고 구원이다.

눈의 사람
마음의 사람
순희 로사 바라보다
문장으로 사랑하고
그림으로 사랑하고
저기 하늘 끝
무엇의 사랑이 된다.

로사 순희 바라보다